오늘도 애쓴 ______________(님)을 위한

퇴근 편지가 도착했습니다.

괜찮게 살아온 거야
오늘도 애쓴 너라서

괜찮게 살아온 거야
오늘도 애쓴 너라서

당신을 위한 퇴근 편지

조유일 지음

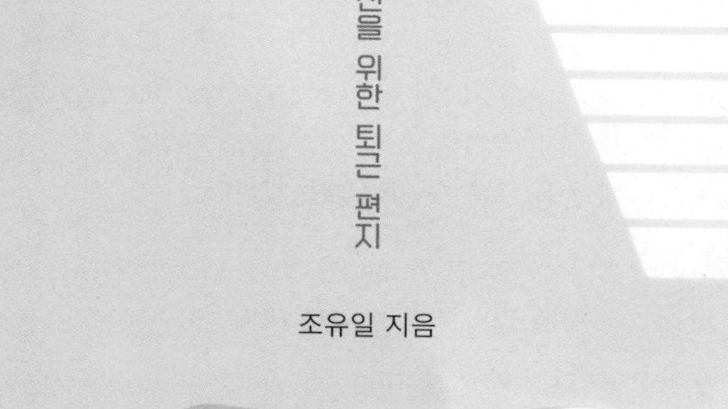

모모북스

겨울, 사랑, 봄

겨울을 사랑한 이유는
그대 주머니에 손을 넣을 수 있기 때문입니다.

추운 날이면 바람을 빌미로 꽁꽁 언 그대의 손
온종일 잡을 수 있기 때문입니다.

겨울을 사랑한 이유는
미운 세상 하얗게 가려주기 때문입니다.

답답한 마음 아래 세상이 싫어진 날이면
하늘에서 내린 하얀 눈이 세상을 덮어
내 슬픔 대신 가려주기 때문입니다.

겨울을 사랑한 이유는
봄을 기다리기 때문입니다.

겨울이 사계절의 마지막이 아니었음을.
봄을 준비하는 첫 계절임을 알았기 때문입니다.

목차

1장 파란 꽃이 핀, 봄

2장 청록빛 눈부신, 여름

3장 자홍색 물든, 가을

4장 하얗게 기다린, 겨울

1장

파란
꽃이 핀,
봄

꽃

꽃은 참으로 실용성 없는 선물이라 생각했다. 먹을 수도 쓸 수도 없는 오직 보기 위한 선물. 금방 시들어버리는 아쉬운 선물이 꽃이었다. 그러나 네가 꺼낸 이야기에서 꽃은 의미가 달랐다.

"어머니가 아파 병실에 누워 계셨을 때 아버지가 꽃을 들고 오셨어. 그 꽃을 들고 계신 어머니가 환하게 웃으셨는데, 그게 너무 예뻐 보이는 거야. 그때 알았어. 꽃은 전해진 순간에 의미가 생긴다는 걸."

영원하고 변치 않는 것에만 가치를 매겼다.
언젠가 시들어버릴 나약한 것들에 눈을 돌렸다.

그러나 시들어 버릴 것이기에
시들기 전의 아름다움을 안다.

영원하지 않은 순간이기에

피어난 꽃의 소중함을 안다.

나무

"다시 태어난다면 나무로 태어날래."

나무로 태어나 한 자리에 우두커니 서서 다가오는 너를 기다리겠다. 슬픈 일, 기쁜 일, 힘들었던 모든 순간 네가 기댈 수 있는 나무로 태어나겠다. 무던한 나뭇가지 위에 네가 찾아낼 수 있는 작고 아름다운 꽃 한 송이 피워 내겠다.

너를 향한 사랑을 붉은 열매로 맺어 내겠다.

계절

때마다 좋아하는 계절은 달랐습니다.

어머니가 좋아하는 가을을 사랑한 적도,
사랑받기 위해 태어난 겨울을 기다린 적도 있었습니다.

모든 순간이 빛나던 여름에게 반했던 순간과,
벚꽃 잎 떨어지던 봄날에 받았던 위로를 기억합니다.

때마다 다른 계절과 사랑을 나눴습니다.
그리고 모든 계절을 지나 사랑이 피어났습니다.

마카롱___커피인간

커피를 마신 후 달다고 말한 것은
거짓말이 아니었다.

쓰디쓴 커피를 마시는 이유가 사실, 마카롱 때문이었단 걸 말하지 않았을 뿐이다. 커피를 마시는 이유가 달기 때문이었단 말을 너는 믿지 않았다.

남들 다 좋아하는 커피, 나는 별로 좋아하지 않았지만 대신 달달한 마카롱은 좋아했다. 그래서 마카롱을 먹기 위해 커피를 마시는 사람이 됐다.

쓴 커피를 마시면 마카롱의 단내가 더 짙게 풍겼다. 커피의 풍미와 향이 아닌 본질을 알지 못한 채 마카롱에 취한 사람이었다.

내가 말하지 않은 비밀,
너와 함께라 이 커피는 달았다.

태어나보니

"그냥."

당신을 사랑한 이유를 어떻게 설명할까.
그 대답이, 그 문장으로 마음을 담아내기 충분할까.
사랑한단 말조차도 의미를 다할 수 없을 것만 같다.

이유로부터 마음으로부터 사랑하기 때문이라 말하는 데까지 오래 걸렸다.

태어나보니 사랑하게 됐다. 태어나보니 작은 나로 갇혀 이 몸뚱이와 이 마음으로 이끌리는 사람 너였을 뿐이라 말했다. 이렇게 생겨난 사람이었기에 물려받은 것이 이 마음이었기에 내 앞에 나타난 너 외에 다른 이유를 놓지 못했다.

죽도록 미워한 적도, 미워했던 널 돌아본 적도 있었음을 고백한다. 그러나 하나만큼 분명한 건 쌓여서 사랑하게 된 것과 나로서 사랑하게 된 것은 다르단 사실을. 당신을 사랑한 이유는 나이기 때문이란 걸.

태어나보니 사랑하게 됐더라.
태어나보니 사랑이 당신이었더라.

사랑의 수학

가끔 네가 없는 세상을 그려보곤 했다.
애써 슬픔에 빠져 네가 없는 세상을 그렸어도
금방 흩어버린 것은 나를 지키기 위함이다.

계산적인 사랑이다.

가끔은 혼자이고 싶어도
너에 대한 사랑이 더 크기 때문에
네 곁에서 행복이 계산된 사랑을 한다.

사랑은 수학처럼 딱 맞는 계산은 없었지만
어려운 문제임에도 답은 뻔하기 때문이다.

너를 향한 내 사랑은 답하기 쉬운
아주 뻔한 문제이기 때문이다.

단단함

"여행은 두려움입니다. 하지만 두려움에도 갈 수밖에 없는 이유는 기대감 때문이겠죠. 지금 떠나지 않는다면 그 자리는 후회로 얼룩질 겁니다."

많은 것을 보고 느끼고 외롭고 힘들어라. 경험에 의한 식견과 다양한 문화에 대한 감각, 혼자라면 감당할 수 없었던 외로움은 단단함으로 바뀔 것이다.

여행이 오래될수록 가방의 무게와 체중은 줄어갔다. 묽었던 기름이 빠져 정수만이 남았다. 단단해진다는 건 단련이 아닌 비워내는 과정임을, 이내 단단한 원형은 드러난다. 기름기가 빠진다는 건 필요한 것들만이 남게 된다는 것. 나로서 내가 남는다는 것.

그동안 힘들었던 일, 눈물 나도록 감동받았던 일, 소소하게 웃음 줬던 일, 뜻하지 않게 즐거웠던 일이 남았습니다. 당장은 중요하지 않은 일들이고 사소한 기억일지 모르겠네요. 그러나 언젠가 문득문득 떠오를 날들이 올 겁니다.

얼마나 단단해졌는지, 얼마큼 성장했는지는 그리 중요하지 않습니다. 시간이 흘러 서른, 마흔이 되어 여행을 잊고 지내던 어느 일상에 한 번씩 여행이 생각날 겁니다. 그제야 추억으로 떠올릴 소중한 날들입니다.

조바심 말고 실패하고 성공하고 또 실패해서 다시 일어나세요. 그런 게 여행인 것 같더라고요.

설렘__여행

끝난 여행에 아쉬움을 돌이켜본다면 이 여행을 기다렸던 내가 얼마나 설레었는지 알게 된다. 생각보다 행복투성이 여행이었나, 끝나고 나서야 좋은 여행이었다고 딱지를 붙인다.

가기 전에는 과하게 설레고 끝나고 나니 과하게 아쉬운 마음 상태. 마음을 조금만 나눠 적당량만 사용해도 좋을 텐데 마음이란 게 마음대로 되지 않는다.

어차피 가만히 있으면 똑같을 일상이니 설렘과 아쉬움을 챙기기 위해 이따금 떠나야겠다.

아 물론, 지금은 조심하기로 하고.

여행을 사랑하는 사람

여행을 사랑하는 사람이면 좋겠다.

여행에서 겪은 이야기 흥미롭게 들어주는 사람, 그러다 너의 여행 재잘재잘 신나서 떠드는 사람이면 좋겠다. 밤하늘에 수 놓인 별 따라 우리의 미래 그려보는 사람, 연습장 대신 파란 하늘에 가고 싶은 나라 적어 놓는 사람이면 좋겠다.

"떠날까?"

우리, 도착한 그곳에서 타들어 가는 노을과 함께 맥주 한 잔 어떨까? 술이 싫다면 여유로운 커피 한 잔도 좋다. 붉은 노을 아래 푸른 바다를 바라보며 우리, 다시 여행을 약속하자.

여행을 사랑하는 당신과 함께.

언택트

나를 위해
나를 멀리 놓아야지.

미워하는 사람이 없는 곳으로.
비교하는 사람이 없는 곳으로.
정의하는 사람이 없는 곳으로.

나 말고는 아무도 없는 곳으로.

관계적_거리두기

"우리 한 발자국만 떨어지자."

소모적인 만남은 그만두기로, 더 이상 힘겨운 사랑은 그만두기로. 저만치 멀리서 서로를 바라보기로만 했다. 이 선 넘어 더는 가까워지지 말자. 바라만 보고 이야기하는 지금 이 거리에서 더는 가까워지지 말자. 아니면 조금 더 멀어지는 건 어떨까?

불편한 건 내 옆에 두지 않을 것. 불편함을 마주한 무의미한 시간에 비싼 값 치르지 말 것. 사라지지 않는다면 차라리 눈앞에서 멀리 치워버릴 것. 소모적인 관계에서 나를 일부러 떨어뜨려 놓아야 했다. 싫어하는 이들이 보이지 않는 곳으로 멀리 떠나야만 했다.

아픔을 마주하지 말고 차라리 도망치자. 필요한 건 잠깐의 용기와 겨우 한 발자국만으로도 보이지 않을 사사로운 관계 정리. 그 정도로 세상은 변하지 않는다.

더 이상 우리 가까워지지 말자.
우리 서로 모른 채 지나치자.
좋은 기억만 남기고 헤어지자.

서로를 더 겪지 말고 아름다운 첫인상만 간직하겠다. 좋은 모습만 봐왔기에, 속마음 들키지 않았기에, 너를 더 깊이 알지 못했기에 좋은 기억만 남게 됐다.

이 시대는 지금
사회적 거리 두기 아니,
관계적 거리 두기.

사랑__다이어트

"참는 것보다 차라리 안 보는 게 나아."

다이어트가 힘든 이유는 참아야 하기 때문이다. 체중 관리에 신경 쓴 적 없던 내가 어느새 나잇살로 관리가 필요했다. 덜 먹고 더 움직이라는 단순한 해법이 가장 지키기 어려웠을 것이다.

눈앞에 맛있는 음식을 두고 참는 게 가장 힘들다. 없으면 없는 대로 참겠는데 차려진 진수성찬을 어떻게 무시할까. 의지박약이라 탓하면서도 인간이란 핑계로 다이어트를 미뤘던 수많은 날. 본능을 거스른 건강한 미남미녀들에게 찬사를 보낼 뿐이다.

TV 속 어느 의학 전문가는 먹고 싶은 만큼만 먹으면 살이 빠진다고 말했다. 우리는 이미 배가 불렀음에도 습관적으로 더 먹는다는 말이다. 배불러 비명을 지르는 몸에 먹을 걸 퍼붓는

악랄한 모습이 떠오른다.

왠지 사람 간의 관계도 이와 닮았을까. 가끔은 나조차도 배부른 마음, 타인에게 강요한 적은 없었을까. 건강한 신체 말고 건강한 관계를 위해서도 마음을 적당히 먹을 줄 아는 다이어트가 필요했던 것인지 모른다. 과한 체중으로 건강을 잃듯, 과한 사랑은 마음에 해로울 테니까.

낚시

우리 가족은 해마다 한 번씩 바다로 떠난다. 그리고 때마다 부산스럽게 짐을 싣는다. 낚싯대와 미끼, 통발과 그물까지 멀리서 보면 동해서 고래라도 잡으러 가나 싶겠다.

"이번에는 진짜야."

아버지와 동생은 언제나 대어를 낚을 거라며 호언장담하지만 적어도 내 앞에서는 물고기 한 마리 낚아본 적이 없었다. 몇 번의 힘 빠진 경험으로 물건 좀 그만 싣자 말해도 소용없는 그들. 그럼에도 함께 낚시 여행을 떠난 이유는 그들의 생기가 좋아 보였기 때문이다. 설령 잡히지 않는 낚시더라도 막연한 기대감을 보는 게 좋았다.

"로또 당첨되면 집 한 채 살 거다."

주말마다 복권을 사면서 가족에게 미래의 재산을 나눠주시는 아버지. 어차피 당첨되기 힘든 복권이라지만 이 순간만큼 아버지의 마음은 부자가 되셨을까. 잠시만이라도 행복한 상상에 흐뭇한 아버지였다면 그걸로 되었다. 꿈속에서 하고 싶은 거 다 이룬 아버지가 될 수 있었다면 그걸로 되었다.

조금

회사로 출근하는 동생 가방에
숙취해소제를 보고서 조금.

회사로 출근하는 아버지 손에
두통약을 보고서 조금.

식당으로 출근하는 어머니 등에
파스를 보고서 조금.

답답한 세상

"어릴 때는 신경 쓸 게 없었는데..."

어머니가 등교하는 어린아이들을 보며 말씀하셨다.

신경 쓸 게 없다는 말이 조금 슬프다고 생각했다. 세상에는 재미난 것도 많을 텐데, 즐거운 일도 많을 텐데. 저 아이들은 마치 경주마의 눈을 가린 듯 공부만 신경 쓰는 세상이 힘들지 않을까? 답답한 세상에 갇힌 것은 아닐까, 오히려 마음이 아팠다.

그러다가 문득 어머니를 봤을 때,
한숨을 내쉰 어머니의 모습이 더 오래 눈에 남았다.

얼마나 신경 쓸 게 많기에 그런 말씀을 하세요, 어머니.

아버지의 장난감

어렸을 때부터 늦잠을 좋아하던 동생에 비해 아침잠이 별로 없는 편이었다. 그 습관은 여전히 남아 하루를 일찍 시작하는 아침형 인간, 대신 쏟아지는 잠은 못 이기는 새 나라의 어른이 됐다. 이런 체질은 선천적인 부분도 있었겠지만 어린 시절 추억도 한몫할 것 같다.

만화를 보기 위해 아침 일찍 일어난 어린 시절, TV 앞으로 향하면 특별한 선물을 만날 수 있었다. 넉넉하지 않았던 형편에 큰 장난감 한 번 가져본 적 없었지만 공룡, 자동차, 로봇 등 귀여운 장난감들이 TV 위에 놓여있었다. 밤늦게 일을 마치고 우리 형제를 위해 장난감을 사 오신 아버지였다. TV 위에 놓인 장난감은 아침을 기다린 이유, 아침이 설렌 이유 그리고 지금까지 그 시절을 기억하는 이유로 남게 됐다.

내게 장난감에 대한 아쉬움은 없었던 걸 보면 어린 시절 결핍은 아니었나 보다. 아니면 떼를 써도 갖지 못한다는 사실을 잘 알아서였을까? 갖지 못할 기대는 잘 품지 않는 어른이 됐다. 가진 것에 만족하려는 무던한 마음은 어린 시절 졸린 눈 비비며 마주했던 기분 좋은 광경으로 충분히 채웠던 것인지도 모른다.

어른이 된 난 이제 장난감을 사 오셨던 아버지 그 이면의 이야기를 상상해보곤 한다. 밤늦게 일을 마치고 지친 어깨로 돌아오신 아버지는 어떤 마음으로 장난감을 올려놓으셨을까. 기뻐하는 아이들을 보게 됐을 때 고된 하루는 이해받으셨을까. 아니면 비싼 장난감은 주지 못해 슬퍼하셨을까. 그저 당신의 기쁨이었길 어른이 된 내가 과거의 아버지를 향해 바랄 뿐이다.

"그때 당신이 가져오신 그 마음은 무엇이었습니까."

아버지, 당신이 주었던 선물로 그때의 기억과 감정이 지금까지 남게 됐습니다. 언젠가 당신이 해준 그대로 저 또한 아이들에게 전해 줄 것입니다. 다시 그 아이들에게 예쁜 기억으로 남아 아이에게서 또 아이에게로 아버지의 마음이 전해질 것입니다. 그렇게 당신은 제게, 그리고 영원히 기억에 남게 되는 것입니다.

믹스 커피

"딱 반 잔만."

어머니, 곤란합니다.

어머니의 당뇨병. 당뇨가 요즘 흔하다지만 그래도 병은 병이다. 조심해야 하고 신경 써야 한다. 잔소리에 며칠 끊으셨던 커피지만 아들 눈치 보며 물을 끓이시는 어머니를 보니 마음이 좋지 않다.

믹스커피를 좋아하지 않아 어머니의 커피 사랑은 이해할 수 없지만 좋아하시는 걸 말리는 것도 또 드시게 두는 것도 아들로서 못난 역할인 것 같아 고민이었다. 사슴 같은 어머니의 눈망울을 보며 오늘만 눈감아 드리기로 했다.

꾸중만 들어왔던 자식 입장에서 어머니께 잔소리하는 건 오직 건강. 건강에 좋지 않더라도 좋아하시는 거 드시게 하고 싶은 것도 아들의 마음이다. 한편으로는 답답해도 다른 한편으로는 미안함에 커피를 두 손 모아 잡으신 어머니를 지켜봤다.

어머니를 향한 나의 시선이 느껴질 때면, 반대로 어머니는 자식들에게 어떤 마음이었을까 돌이켜보게 된다. 본인의 원했던 삶이 아니었어도 자식을 위해 포기했던 순간이 얼마나 많았을까. 결혼도, 자식도 겪은 적 없던 입장에서 어렴풋이 짐작만 할 뿐이다.

오늘 어머니가 드신 달달한 커피에는,
아들의 걱정과 미안함을 넣어 놓았다.
아니, 아들을 향한 어머니의
사랑이 들어 있었다.

부모

부 서져도
모 를 사람들.

늙어가

만화 둘리에서 고길동을 보며
힘들었겠다 느껴진다면 늙은 거라더라.

이십 대 처음과 지금을 돌아보며
변한 게 없다 느꼈다면 늙은 거라더라.

부모님도 우리처럼 어릴 적 그 마음
그대로시겠구나 생각하게 됐다면
늙어가는 중이더라.

part.1

"나이는 잘 쓰고 있는가?"

세상은 불공평해도 시간만은 공평했고 젊음은 누구나 가지는,

그래서 늙어 아쉬울 필요 없는 소모품이었다. 세월은 쓴 만큼 주름지는 것이고 책임을 짊고서 후회로 지불하는 간편한 거래였으니까.

그러나 가끔 청춘의 경계 안에서 붉게 피어오르는 어린 영혼들을 바라볼 때면 알 수 없는 감정에 휩싸이곤 했다. 꿈틀대는 새싹처럼 넘치는 생명력에 반하면서도 한풀 꺾여가는 내 모습에 문득 가슴 한구석 미어진 적도 있었다. 피어난 꽃과 시들어간 잎사귀를 익혀간다는 건 좀처럼 익숙해지지 않는 일이었다.

부른 적도 없던 젊음은 왔고 꺼져가는 지금은 어디로 흘러가나. 나면서부터 늙어가고 있던 걸 몰랐을 뿐, 늙어가는 누구나 처음 겪는 무릇 어색하고 섭섭한 일. 하지만 결국 가야만 하는 길이기에 담담한 척 언제나 푸르렀던 청춘을 보내야만 한다. 젊음을 아련하다 형용한 지금 난 어디쯤.

part.2

"나이가 많아도 괜찮니?"

나이 검열이라 했다. 어머니는 그저 궁금했을 의례적인 물음이었더라도 나이를 먹어본 이만 아는 차별. 나이는 사회에서 경계와 거리감을 나타내는 신분이었다.

젊음이란 면허를 받고서 많은 곳을 다녔다. 갱신 없는 유통기한을 끝마치고 다음 젊음을 위한 양도. 아니, 빼앗겼을까 그것도 아니면 처음부터 내 것이 아니었나.

청춘을 돌아본 적 없다면 젊다는 방증, 이제야 들어선 고민은 젊음이 끝이란 방증. 청춘은 저물고 아쉬운 마음만은 늙지 못해 허물어진 경계 위에 네 청춘은 빛이 나고 이미 써버린 내 청춘은 쓸쓸하다.

보다 먼저 젊음을 노래한 이들은 어떤 마음이었나. 더 늙지 못해 청춘을 더 아름답게 표현할 수 없다. 듣지 않던 이들의 목소리를 되짚으며 나이가 미워지는 시기에 낡아가는 감정과 마음을 준비한다.

슬퍼할 젊음조차 아까워
남은 청춘 아껴 쓰란 말밖에.

시간은 ___약

시간을 약이라 정의한 이는 누구인가.
나는 치유보다 체념이라 정의하겠다.

시간으로 지금의 고통이 사라지길 바랐지만 그저 상처에 익숙해지는 법을 배웠다. 치유할 수 없단 사실을 깨닫고도 한참을 기다리고 또 기다렸다. 결국 기다리는 것 외엔 방법이 없음을 알았을 뿐이다.

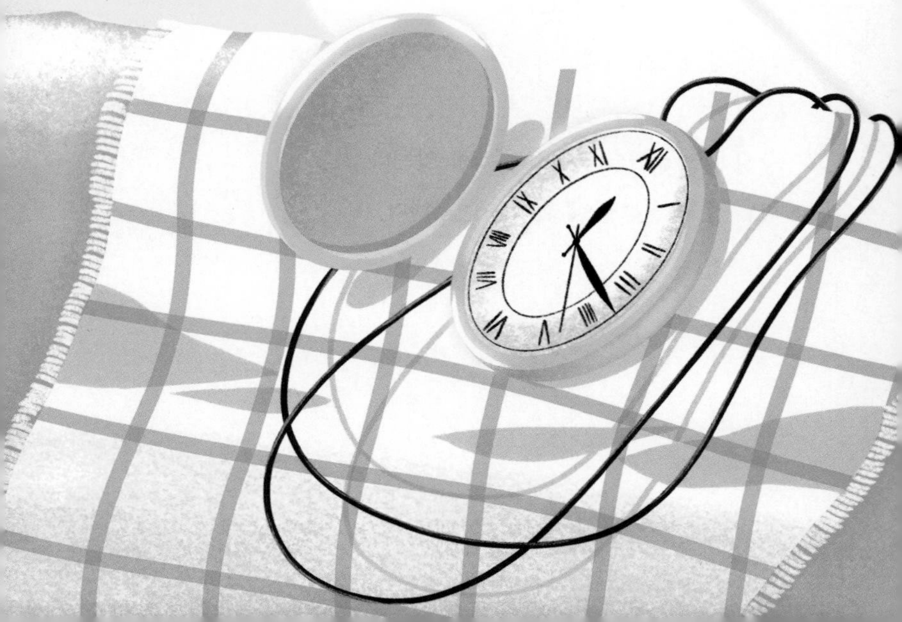

의사가 있어 병을 고쳐준다고 안심하지 않았다. 그들의 존재로부터 언젠가 다시 아플 수밖에 없음을 깨닫는 데까지 오래 걸렸다. 고통 없는 세상에 치유는 필요 없을 텐데, 아물어버린 흉터를 보고서야 시간을 탓하기로 하였다. 우리는 영원히 아픈 존재로서 다칠 것이고 힘들 것이고 괴로울 것이니 세상살이 덜 아플 법 찾는 수밖에.

사람이란 아픔을 담는 그릇.
상처 많은 세상에 태어나
약한 감정으로 버텨간다.

당신과 함께 있을 때만큼 아픔을 잊는다.
위로 한 편 전해줄 네 곁이라 견뎌낸다.

그때의 나

사진 속 그때의 나를 보며
지금의 내가 말한다.

고생했겠다, 좀 더 잘해줄 걸.
좀 더 맛있는 거 먹여줄 걸.
좀 더 재미있게 다녀줄 걸.

지켜보던 미래의 내가
나를 보며 말했다.

"지금이나 잘해."

나를 보러 온 시간

1부

"울고 계시는 모습을 보면 저도 슬프잖아요."

첫 곡이 끝나자 무대 주위는 환하게 밝아졌다. 울고 있는 한 관객을 향해 가수 심규선이 말했다. 그녀의 차분한 목소리와 환한 표정에 울상이었던 다른 관객들도 살며시 미소를 띠웠다. '위로의 여신'이란 별명을 가진 그녀의 무대는 언제나 눈물과 웃음으로 시작됐다.

가사에 귀를 기울였던 시작이 절실한 위로가 필요한 때였음을 기억한다. 이 자리에 모인 관객들의 삶은 힘들었던 순간과 맞닿아 있었다. 일어서고 싶어도 마음대로 되지 않던 때 그녀의 노래로 힘겹게 싸운 사람들이었다.

어느덧 씩씩하게 이 자리에 앉은 과거의 아팠던 이들. 각자 다른 아픔으로 시작했더라도 같은 선으로 맺어진 서로를 이해할 수 있었다. 잔잔한 선율과 아련한 음색만이 눈물의 이유가 아니었다. 그녀의 목소리에서 묻어난 힘든 시절이, 발 디딜 곳 없어 아팠던 시간이 이 노래에 그대로 녹아 있던 것이다.

2부

제주도에 대한 감정은 조금 유별나다. 아무래도 이건 사랑. 나 말고도 많은 이들에게 애정 어린 장소라지만 특히나 더 아낀다고 말하고 싶다.

어느 겨울날 처음 제주도에 도착했을 때 우리나라가 아닌 듯한 신비로움에 반해버렸다. 입에 머금은 찬 공기와 겹겹이 쌓인 한라의 눈 그리고 눈부신 첫인상이 잔상처럼 남았다.

변하지 않는 제주에 시간을 쌓아갔다.

힘든 일이 생길 때면 제주도로 향해 마음을 풀어냈다. 어쩌다 아름다움보다 슬픔이 쌓인 장소가 됐지만 묵묵히 시간을 눌러 이해하는 연습을 했다. 왜 아픈 기억이 담긴 이곳을 사랑하는지 묻는다면, 아팠기에 견뎌낸 나를 사랑한 거라 대답했다. 아문 상처와 함께 이곳으로 돌아왔을 때 과거와 현재 그리고 언젠가 찾아올 미래의 나를 만났다. 지난 시간을 흘기며 훗날의 나를 약속했다.

변하지 않는 제주에 나를 쌓아갔다.

커튼콜

공연은 끝이 났고 관객들의 얼굴엔 미소가 담겨있다. 응어리를 훌훌 털어버린 듯 환한 표정으로 밖을 향하는 관객들. 어쩌면 노래를 듣기 위해서보다 지난 나를 보러 온 시간이 아니었을까. 그게 아니라면 아픈 시절을 지나 이곳까지 온 성숙해진 나를 만나러 온 걸지도 모른다.

아마 모두가 같은 마음이었을 것이다.

사랑

그녀가 말했다.

사랑이 꼭 연인 간의 단어는 아닐 거라고.
가족도, 친구도 혹은 무엇이든
사랑으로 맺어져 있다고.

그러게, 사랑은 어디에나 있을 텐데
단지 사랑이라 부르지 않았을 뿐인데.

보지 못해 지나친 사랑이 얼마나 많았을까.

연말

12월 31일과 1월 1일은 겨우 하루 차이지만 많은 게 변한다.

독서실에서는 12월 31일이 되자마자 손님들이 넘쳐나는 흥미로운 광경이 목격된다. 어제와 별다른 것 없는 오늘이 많은 이들에겐 별안간 공부하고 싶어지는 날이 된다.

누구는 한 살을 더 먹어 앞자리 수를 바꾸었다.
누구는 금연 하루 전이라며 담배를 몰아 피웠으며
누구는 다이어트를 위해 마지막 치킨을 시켰다.

오늘이나 내일이나 똑같은 모습일 텐데
오늘에서 억지로 지난 아쉬움을 흘려냈고
내일은 억지로 한 살이란 책임을 짊는다.

그래도 이해할 수 있는 이유는
나만 그런 건 아니라서, 다들 그런 거라서.

1월 1일과 12월 31일이 무려 365일 차이라면
오늘 하루의 변화를 365번 곱해 더 많은 게 변할 수 있지 않을까?

새해

어제의 해와 오늘의 해가 다를 리 없음에도 신년에 떠오르는 해를 보기 위해 많은 이들이 바다로 향했다. 한 해의 소망과 바람을 싣고서 아침부터 바다는 북적였다. 그러나 나는 감성이 부족한지 이런 덴 통 관심이 없었다.

"해 보러 갈까?"

새해 첫날 만난 너는 밥을 먹다 말고 해를 보러 가자 말했다. 해가 중천에 떴는데 무슨 엉뚱한 말일까. 그러나 해는 지금도 떠 있으니 상관없단다. 꿩 대신 닭이냐 했더니 여전히 꿩은 하늘에 떠 있다고 말하는 너. 음, 생각해보니 그렇네? 어차피 똑같은 해를 바라보는 것일 텐데. 그렇게 우리는 해를 따라가기 시작했다.

날씨가 흐려 날린 눈에 하늘은 잿빛이었다. 결국 해가 보이지 않는 바다에 도착했다. 하늘이 흐려도 무덤덤했던 우리, 개의

치 않는 듯 다시 집으로 향했다.

오늘은 새로운 해가 떠오른 날이 아니었다. 너와 함께 해를 쫓아간 날이었다. 어제와 다르지 않았던 해를 기다린 시간보다, 어제와 달랐던 우리의 시간에 이정표를 심었다.

어제와 오늘의 해는 다르지 않다고.
오늘 너와 함께한 이 시간만이 달랐다.

특별한 하루

새해라고, 생일이라고 특별한 하루를 만들었으니
이제 특별하지 않은 날을 살아보려 했는데

그건 아니라네.
매일을 특별하게 살아내
인생을 특별하게 만들 줄 알아야 된다네.

그건 아주 근사한 말이라고 생각했다.

2장

청록빛 눈부신, 여름

파란 여행

색으로 표현하자면 마치 파란 안개가 온몸을 휘두르는 기분,
차갑지만 어두워 잘 보이지 않는 파란 분위기였다.

바다가 푸른 이유는 청색 파장이 반사되기 때문이랬다. 깊은 바다가 어둡게 보이는 이유는 수많은 파장이 겹쳐 보이기 때문이랬다. 우리 눈은 파란 빛이 많을 수록 깊고 어두워져 갔다.

힘들었던 그때가 어둡고 파랗던 것은
끝이 보이지 않던 바다처럼
깊어지고 있었기 때문이다.

외로웠던 그 시간이 싫지 않았던 것은
깊어지기 위해 떠난 여행이었기 때문이다.

바다

지난겨울 바다가 그립고, 아니
이젠 그냥 바다가 그립고.

평범한 한 줄 알았던 날들이
평범하지 않은 날들이었네.

코로나 블루

흰 구름 아래 도시가 어둡게 물들었다. 푸른 하늘을 대신해 붉은 바이러스가 세상을 뒤덮었다. 앞뒤 꽉 막힌 차들의 경적 소리, 아스팔트 위 북적이는 사람들, 아이들의 눈동자만이 유독 맑았다. 어색하게 가려져 한숨을 내쉬어 보지만 어차피 밖으로 새어 나가지 못할 숨. 지금 우리의 삶은 변해가고 있다.

"괜찮아질 거야."

말 한마디 없는 것보다야 나을지도 모르지만 건조한 위로만으로 헤아리기엔 당신의 한숨은 깊다. 덧난 상처에 어떻게 달콤한 말을 전할까. 최선을 다한 만큼 지쳤음을 안다. 아파하는 당신을 향해 이해한다 쉽게 말하지 않겠다. 아픔을 발판 삼아 희망이라 말하지 않겠다. 당신의 삶을 대신 살아보지 않은 이상 아픔을 셈하기 어렵겠지만 작은 위로뿐이더라도 지친 당신에게 귀 기울이고 싶다.

어려운 상황 속에 헤쳐나갈 이유는 위로 때문만은 아니었다. 그것은 당신과 나, 우리 모두가 함께라는 것, 혼자가 아니라는 것, 그리고 다시 살아내려 한다는 것.

당신은 잘 견뎌온 거다.

내성

내성이 생겼다는 말은
거짓말 같아서 마음이 아프다.

많이 다쳐봤다고 덜 아플 수 있을까.
다시 이별했다고 덜 힘들 수 있을까.
계속 혼자였다고 덜 외로울 수 있을까.

몇 번에 상처는
몇 번의 흉터로 남는다.

다른 사람들 다 아프다 말하는
나만 안 아픈 거짓말이 생겼다.

당신에게만큼 이해받지 못한
당신의 마음, 누가 위로하려고.

눈물

혼자 울어야 의미 없다고
봐주지 않는 눈물은 필요 없다고.

기억되지 못한 추억,
위로받지 못한 슬픔
의미 없다고 생각했다.

드라마나 영화 속 주인공은 관객으로부터 이해받을 텐데, 내 삶은 그렇지 못한 것만 같았다. 관객 없는 비련의 주인공으로 살고 싶지 않았다. 그래서 울지 못한 눈물만 쌓였다.

네 슬픔 안아주고 네 눈물 닦아줄 것이다.
네 슬픔 말해주면 네 눈물 빛내줄 것이다.

그래서 네 눈물에 의미를 새겨 줄 것이다.

살아내는 힘

"궁금해요. 어디서 살아내는 힘을 찾나요?"

하고 싶은 것들이 잘 되지 않는 날, 이것저것 손에 잡히지 않는 날이면 무력감이 느껴졌다. 다른 이들은 어떻게 살아가는지, 그들에게 살아내는 힘은 어디서부터 오는지 궁금했다.

인생의 분기점마다 다른 온도로 살아냈다. 뜨겁게 살던 때와 차게 식어버린 지금을 보는 일은 조금 서글프다. 시간은 흐르는데 나만 멈춘 것 같아, 나아가야 할 강박은 나를 부족하게 만들었다.

살아 있어 살고 싶지 않았다.
살고 싶어 살아가고 싶었다.

기도

타인의 불행이 내게 와 다행으로
여기는 마음 붉게 태워 날려 주세요.

차근차근 쌓다 보면 이뤄질 거란
값싼 위로 받침 또한 검게 태워주세요.

고개 들어 하늘 보기를 아까워 말아주세요.
다음이란 핑계로 기다리지 말아 주세요.
오늘이 흩어지도록 내버려 두지 말아 주세요.
지금 꼭 잡은 두 손 부디 놓지 말아 주세요.

철

철들었다 칭찬하지 마라.

일찍 철들어버린 애한텐
진짜 철처럼 무거울 테니.

더도 말고 덜도 말고
네가 먹은 나이만큼만 들어라.
그것조차 무거워라.

철들었다 칭찬받지도 마라.
네가 이미 버거웠음을
내가 뻔히 알고 있으니.

괜찮은 ___ 조합

아프다는 말 위에
괜찮다는 말을 얹었더니
맛이 없어졌다.

그 둘은 잘 맞지 않는
조합이었나보다.

아프지 마

"아프지 마."

아픈 사람에게 아프지 말라니.
아프고 싶어 아팠나. 병들고 싶어 들었나.
살다 보니 약해졌을 뿐, 이미 병들어 버린 마음이라
듣기 싫은 말이 되었을 뿐.

기대고 싶었던 거다.
건강하란 형식적 인사에 따듯한 온기를,
괜찮냐는 안부에 신경 쓴 마음을 찾았다.

내 아픔 덜어냈던 이유,
아프지 말라던 네 곁이라 괜찮았던 거다.

방황

매번 고민하는 너,
매번 방황하는 너.

답답하기만 했었는데
부족한 용기라 말했는데

흔들려도 괜찮다는 걸,
흔들리는 것조차 너라는 걸
이해하게 됐어.

고민 __ 사랑

선택하지 않았던 널 욕심이 많다며 탓하였다.

이제야 모두 갖고 싶다던 너를 이해하고
이제야 고민을 사랑한 너를 존경한다.

어린 시절 친구의 고민은 서른이 넘어서도 답을 내놓지 않았다. 선택하지 않던 너를 우유부단하다 말했지만 그저 고민을 사랑했을 뿐이라는 걸 알게 됐다. 이상과 현실 모두 놓치지 않으려 한 배포, 결국 모든 걸 잡아낸 너를 깊이 존경했다.

택일을 강요받는 사회에서 우리는 포기를 배워왔지만 실은 모두가 욕심 많은 사람들이다. 두려웠겠지만 고민을 사랑한 너였기에 가능한 일이다.

인연__기억법

우리는 LA로 돌아와 미국 여행의 마지막을 보내고 있었다. 끝까지 내게 불평 한 번 하지 않고 여행을 따라와 준 동행에게 감사했다.

"형, 저는 특별한 인연 기억법이 있어요."

그는 주섬주섬 작은 병뚜껑을 하나 꺼내더니 내게 건넸다. 그리고 직접 이름을 적어 달라 부탁했다. 참 별거 아닌 소품과 별거 아닌 기억법. 그런 소박한 모습에 웃음이 났다. 그러나 그 작은 순간만으로 그를 잊지 못하게 됐다.

멋진 순간으로 기억한 사람보다 사소함으로 남게 된 인연들을 사랑했다. 하얀 추억에 지워지지 않는 점이 찍혔다. 그들이 맑게 번져 살아 숨 쉬었다.

당신만의 특별한 인연 기억법은 무엇인가요?

사소한 순간들로 채워진 삶이

사소하지 않은 행복이 되는 기억법.

퍼스트 __ 타임

"미안해요. 아직 일이 서툴러서요."

호주 카페에서 일을 시작했을 때 배워야 할 것들이 많았다. 특히 호주인들은 커피에 대한 사랑이 어마어마해서 취향부터 바리스타의 경력, 원두와 우유 등 많은 걸 구분해야 했다. 그래서 가장 기피하는 역할도 계산대. 계산대에 서는 날이면 어려운 영어와 무자비한 주문 앞에 항상 미안하단 말로 시작했다.

그렇게 익숙해지지 않는 계산대에서 주눅 들어 있을 때 한 손님이 내게 말했다.

"누구에게나 처음인 순간은 있잖아요. 괜찮아요."

오히려 그녀는 괜찮다며 나를 다독였다.
그 말을 오래 간직하기로 했다.

그러게, 누구에게나 처음인 순간은 있었을 텐데.

힘들었던 시간을 지나온 지금의 당신일 텐데.

나만 __ 믿어

"나만 믿어."

나만 믿고 따라오라는 그 말이 허풍이고 거짓말인 거 아는데,
그래도 왠지 모르게 믿음이 가는 그런 말이었다.

네가 뭘 믿고 따라오라는지 못 미더웠어도
왠지 믿어주고 싶은 그런 말이었다.

허풍 같은 말이라도 뱉을 줄 아는
그런 사람이 되고 싶었다.

근거 없는 자신감

어떤 강의에서 근자감, 그러니까 '근거 없는 자신감'에 관한 이야기를 했다. 근자감이란 소위 허풍을 떠는 태도를 가리키는 말이었지만 연사는 근거가 없어야 진짜 자신감이라 말했다. 근거가 있어 낼 수 있는 용기는 당연한 거라고, 자신감이 없을 때 내는 용기야말로 진짜라면서 말이다.

준비되지 않아 떨리고 긴장된 용기를 좋아했다.
자신은 없어도 진심을 넣은 용기는 빛이 났다.

우리가 처음 만났던 작은 용기와 닮은
근거 없는 자신감을 사랑했다.

손끝 ___ 편지

사랑스럽다고 생각한 것은 당신의 예쁜 얼굴도 고운 피부도
가느다란 손목도 아니었다.

파르르 떨리던 당신의 손끝에 걸린 편지가,
가녀린 손으로 건넨 마음이 사랑스럽던 것이다.

당신이 전한 사랑, 그것을 오래 간직하기로 했다.
펼쳐놓은 마음 사이에 편지를 끼워 오래 읽어보자 약속했다.

말하지 마

네 고민을 누구와도 나누지 않았으면 해.
모든 고충 내게만 털어놓았으면 해.

너에게 그저 타인이 되지 않는
중요한 존재였으면 해.

다른 사람

과거는 묻지 말았으면 해.

어떤 사람이었건
어떤 사랑을 했건
어차피 의미는 없다.

때마다 달리 대했고
때마다 다른 사람이었다.

너는 누구보다 아름답기에
우리의 사랑은 특별할 것이고
찬란한 것이다.

그러니 묻지 않았으면 해.
네가 사랑한 나는 다를 테니까.
너를 위한 다른 사람이니까.

진심

"진심이야."

비록 이루어지지는 않더라도 때마다 진심이었던 너의 말을 싫어하지 않았다. 적어도 그 순간만큼 거짓은 아니었으니까. 마음 한구석 공간을 남겨두지 않았던 너의 말을 좋아했다. 자주 뱉었던 그 말을 가끔 거짓말이라 오해했어도 그 말에 끝이 어디로 향하든 괜찮았다. 그 순간만큼 당신과 내 사이에 거리는 사라졌으니까.

속마음은 중요치 않다.

네가 입 밖으로 꺼낸 그 말만이 중요했다.
어차피 내게 닿는 건 네 표정과 목소리, 정렬된 몇 개의 문장뿐이니까.

다른 건 중요하지 않았다.

속으로는 날 미워해도 좋아한다 말해줘.
속으로는 날 싫어해도 사랑한다 말해줘.

차라리 내게 거짓말해줘.

숙제 같은 만남

"빨리 해치워 버려야지."

약속은 잡았는데 귀찮다. 파투 낼까? 아니, 빨리 만나야겠다. 이럴 거면 약속은 왜 잡은 건지.

새로운 만남과 인연은 즐거움이었다. 만나는 모든 이가 새로운 세상이자 흥미로운 세계. 사람이 곧 남는 것이라 믿으며 맺었던 수많은 인연. 그러나 점차 낯선 상대와 불편한 만남은 감수하고 싶지 않았다. 관계에 쓰는 에너지가 부족해진 것이다.

숙제 같은 만남이라 불렀다. 오랜만에 들어보는 숙제라는 표현이 싫지 않았던 건 왠지 빨리해야 할 것 같은 어감이 잘 어울렸기 때문이다.

나이가 들어 풀어야 할 숙제는 없어졌는데
숙제 같은 일들은 왜 이리 많은 건지.

향수

"향 되게 좋다."

그 말이 기억에 오래 남아서,
그 향수를 쓰는 습관으로 남았다.

볼에 갖다 댄 향을 좋아한 너라서
그런 네가 좋아서, 향을 지우지 않았다.

네가 좋아했던 향은 여전히 남았는데
향은 금방 사라지는 거라 했는데,
사라지지 않았다.

욕심

먼저 다가가기는 싫고
누가 다가오면 귀찮은.

혼자는 외로워 싫으면서
둘은 책임지기 싫어하는.

사랑은 받고 싶으면서
노력은 하고 싶지 않은.

욕심이 없는 욕심.

그리운 __ 꿈

헤어진 그녀를 꿈에서 만났을 때 이별도 잊은 채 담담히 이야기를 나눴다. 꿈인지 몰랐던 난 오랜만에 보는 듯한 기분에 그리운 티를 냈다.

"너랑 헤어지는 꿈을 꾼 것 같아."

왜인지 모르는 불안을 그녀에게 말해 주었다.
그럴 일 없을 거라며, 괜찮다며 부드럽게 나를 안아 주었다.

누군가 그립다거나, 보고 싶다거나
미워한다거나, 사랑하고 있다거나.

잠을 깨서야 꿈이었음을 알게 됐다.
가끔은 잠이 들어서야 그립지 않았던
그리운 마음을 알게 됐다.

장작

"너를 기억하면 좋은 기억밖에 없던데."

그녀는 웃었지만 진심이라 했다. 기억도 나지 않는 나와의 추억을 너는 간직하고 있었다.

하나 아쉬운 건 나에 관한 기억은 단지 너의 현재를 만든 재료뿐이라는 게, 전부였던 그때가 이제는 삶을 태우는 장작이란 게 섭섭했다.

이제 내가 아닌 다른 장작들을 태우며 살 너였다.
더는 내가 관여치 않는 불꽃을 빛내며 살 너였다.

오류

헤어지며 아쉬웠던 건
미련 없이 돌아선 네 모습이 아니라

너의 마지막 기억으로 남겨질
한심한 내 모습이었어.

고장

고장이 난 것이다.

내가 쓰는 마음조차
내가 어찌 할 줄 모르는 건

고장이 나 그런 것이다.

이별__연습

어떤 만남에는 설렘이 있었다면
어떤 이별이든 아쉬움은 남았다.

이별은 연습이 없었기에
그래서 잘할 수도 없었다.

덜 아픈 이별이었다면
고장 난 것뿐이다.

너무 아파 고장이 났거나
고장 난 채로 사랑을 했거나.

남은 __ 조건

나이 들수록 만나긴 어렵던데
전에 만났던 사람만 늘었으니
보는 기준도 같이 늘었더라.

나중에 만날 사람을 위해
지금을 경험 삼으라는 그 말이
옳은 건지 의아했다.

많은 사람을 만나고서 남았던 건
사람이 아니라 따지다 남은
조건들뿐이던데.

결국 사랑은 없다란
뻔한 변명뿐이던데.

사랑의_정의

사랑은 무엇이다 말한 이들은

후회했던 사랑을 정의하고
방황했던 사랑을 이야기하고
우쭐대며 사랑을 떠들었다.

사랑은 무엇이다 말한 이들은
사랑이 무엇인지 잘 몰랐다.

대답

외롭냐 묻는 말에, 선뜻
아니라 답하지 못했다.

혼자라서 외로웠다 답해놓고
함께라서 안 외롭다

답하지도 못했다.

매듭

설렘으로 만났지만 어느새 익숙해졌다.
익숙함은 상처가 됐고 그래서 이별이 됐다.

사랑은 보잘것없는 것들로 이루어진
부서지기 쉬운 반복에 반복.

섭섭해라, 오해가 쌓여 이해는 달라지고.
차가워라, 깊었던 관계는 멀어져만 가고.
사랑보다 이기적인 나를 앞세우기 시작한다.

우연으로 맺어져 인연이란 말로 묶어냈어도
편해진 관계는 편하지 않은 노력을 들여야만

매듭은 풀리지 않았다.

표정

웃을 일이 별로 없다는 말에
무표정한 네 표정을 보게 됐어.

웃었으면 좋겠지만 실은
울어도 괜찮다고 생각했어.

무뎌진 감정으로 사는 게
더 아픈 일인 것만 같아서.

소원

떠난 이의 행복을 바랐습니다.
그 마음에 위로를 받았습니다.

날 떠나 행복이 찾아오고
뒤돌아보지 않는 사랑이길
바라고 또 바랐습니다.

그 사람이 행복할 수 있게
겨우 내 이 슬픔 견뎌낼 수 있게.

너를 빌미로

네가 힘들다는 말에 왈칵,
울음을 쏟았다.

그저 난 울고 싶었나 보다.

힘들어 울고 싶은 날을 지나
힘들어도 울지 못한 너를 보며
그제야 울음을 쏟았다.

너를 빌미로 울었다.

악당

영화 속 악당들에게도 지켜야 할 가족이 있었던 건 아니었을까? 어쩔 수 없이 나쁜 일에 휘말린 것은 아니었는지, 아픈 과거를 지닌 그들의 삶은 누가 공감해 줄지. 주인공에 의해 이루지 못한 악당들의 소망은 허무하게 흩날릴 게 뻔할 테니까.

세상의 멸망을 바란 악당들에게도 위로가 필요할까? 열심히 살아온 그들이라면 위로받을 자격이 있을까?

비록 쓰러졌더라도, 패배했더라도, 악당이더라도.

버킷 리스트

꿈을 먹고 사는 주제에
버킷 리스트라는 말은 좋아하지 않았다.

죽기 전에 해야 할 일을 적어놓으면
이뤄야 할 불편한 것이 되는 것만 같았다.

죽기 전에 해야 할 일을 적어놓으면
하지 못한 미련으로 남게 되는 것만 같았다.

언젠가 하고 싶지 않을 수도 있는데
마음속 이루지 못한 삶이라 적어 놓았다.

하고 싶으면 하고, 하기 싫으면 말고.
딱 그 정도 온도로만 삶을 대하여도 괜찮을 텐데.
산다는 건 누구나 쉽지 않은 일일 텐데.

꼭 이란 점을 찍어

아파할 필요는 없을 것만 같았다.

열심히 했더라면

"더 열심히 했더라면."

아니, 충분했어.

열심히 했다는 거 알고 있어.
힘들었다는 거 알고 있어.
간절했다는 거 알고 있어.

그러니까 더는
아프지 않아도 돼.

공간의 기억

"여행가니까 좋아?"

작별 인사 후 돌아온 물음은 답하기 어려웠다. 글쎄, 여행은 가기로 했지만 딱히 즐겁진 않았다. 적당한 마음으로, 가지 말아야 할 이벤트가 없어 떠나게 됐다. 출발 전이 설렌다던 말이 무색할 만큼 무덤덤한 여행이었다.

집이 싫었던 것은 아니지만 집이기 때문에 벗어나야 했다. 금방 싫증을 내는 성격은 집까지 싫증을 내고 말았다. 몸이 집을 기억하기 시작했다. 침실에서는 졸음이 쏟아졌고 책상에서는 집중이 되지 않았다. 집은 편안한 공간이지만 멈춘 공간이어서 나아갈 수 없었다.

공간에 대한 감정을 애써 바꾸려 하지 않았다. 차라리 다른 행복한 공간을 찾아 떠나면 될 일이었다. 공간의 기분, 느낌, 기억은 바꾸기 어려웠고 그래서 떠돌아야만 했다. 한 번 기억된 공간은 쉽게 바꾸기 어려웠다.

사람도 공간이다. 어떤 이와 함께 있을 때 웃음이 자주 났다면 그를 웃음의 공간으로 떠올렸다. 미간을 찌푸린 적이 많았다면 그는 피해야 할 공간으로 기억했다. 머리로 계산할 수 없는 관계에 대해 느낌과 감각이 공간으로 기억되고 있었다.

슬프고 힘든 공간이 아닌
좋은 향이 나는 공간으로, 타인에게
편안하고 기분 좋은 공간으로 남고 싶었다.

풍차

길 위에 놓인 풍차는
바람을 보여 주었다.

바다에 걸린 풍차는
노을을 보여 주었다.

풍차의 쓸모는 바람을 위해
태어난 것이 아니었나 보다.

간절한 바람을 위해 우리가
태어난 것은 아니었나 보다.

첫 번째 거짓말

돌아가는 날에 거짓말을 한다.

아쉬움은 없다고. 충분하다고.
행복했다고. 집이 제일 좋다고.

돌아가는 날만 거짓말을 한다.

인생 ___ 여행

내게 주어진 삶이면서 내 마음대로 멈춘 적은 없었다. 목표가 있다면 조금이라도 더 높이 올라가야지. 그래야 더 가질 것이고 더 남길 것이고 더 누릴 것이다. 자유로운 인생이라 말했지만 스스로 자유를 주지 않던 여행이다.

삶의 중간에서 삶을 고민하는 아이러니. 그저 살면 될 것을, 살고 싶은 삶에 대해 고민하는 모순이 생겨난다. 쉼 없이 인생을 여행하면서 내일은 새롭지 않을까 하는 기대와 설렘으로 멈추지 않았다.

"어차피 거기서 거기야."

끝을 보지 못해 멈추지 않는다. 혹시 알아? 더 나은 인생을 찾게 될지. 없어도 괜찮다고 말하지 않는다. 있으면 좋겠다고, 새로운 무언가 설레는 세상이면 좋겠다고. 끊임없이 바라고 기다리며 인생을 여행한다.

두 번째 거짓말

돌아가는 날에 거짓말을 한다.

앞으로 잘 해낼 수 있다고.
모든 일이 잘될 거라고.

사실 이뤄지지 않아도 괜찮다.

거짓말조차 힘든 일상에
거짓말 한 번 뱉으러
떠난 거라서.

해피 __ 엔딩

엔딩이 행복할 수밖에 없는 여행이다. 마치 이루지 못한 아련한 첫사랑처럼, 아름다웠다기보다 아름답기 위해 떠난 여행이라 아름답다 결론지었다. 떠나기 전 챙겼던 건 짐보다도 행복한 마음이었다.

행복하기 위해 떠났으니 행복한 여행. 그러니 행복을 굳이 찾아다닐 필요는 없었다. 행복한 사람이 행복을 좇고, 행복이라 믿어 그것은 진짜 행복이 되었다.

어쩌면 여행은 해피 엔딩으로 끝맺는
뻔한 드라마였다.

3장

자홍색 물든, 가을

구름

비로 내릴 때까지 기꺼이
차올라야지, 구름이라면.

수험표

꿈을 꾸는 사람이 되고 싶어 당신에게 물었습니다.
궁금합니다. 꿈이 지워지지 않는 방법이요.
당신은 어떻게 흔들리지 않았습니까?

면접관에게 잘 보이고 싶어 보이지도 않는 장래를 펼쳐냈다. 나도 모르는 걸 설명하려니 속으로 헛웃음을 냈지만 참아야지. 알아, 바라는 건 꿈이 아닌 사람의 모양이란 걸. 성실하고 모나지 않은 형태를 원한 것이다. 하지만 열정과 포부를 좋아하던 그들의 어릴 적 꿈은 뭐였길래 꿈을 논하나. 입사 후 포부에 고개를 끄덕이던 그들의 계획적인 미래는 어디로 향했나. 인생은 종이 한 장으로 다가 아닐 텐데 미숙한 청춘을 준비된 제품으로 만들었을까. 청춘이라 괜찮다던 어른들은 어째서 삶은 원래 그런 것이라고 답했을까.

"죽 썼네."

면접장에서 나오자마자 든 생각이었다. 현실감각이 떨어졌던 많은 날이 지나 목에 걸린 수험표가 어색했다. 지금껏 내게 특별하고 의미 있는 경험이 남에겐 시답지 않은 일로 비친 것 같았다. 도마 위에 놓인 것이다. 아직까지 현실을 파악하지 못했나 스스로 되물으며 면접장을 나왔다.

하늘은 쾌청했는데 속은 시꺼멓다. 어쩌면 당연한 결과일까. 여기와 맞지 않았을 뿐이지만 마치 지난 삶이 의미 없이 대해진 것만 같았다.

"한낱 꿈이었을까."

현실이란 부딪히는 것들, 걸리는 것들. 결국 맞춰야 하는 것들. 신경 쓰지 않을 수 없는 것들.
이상이란 부딪히지 않는 것들. 걸리지 않는 것들. 맞출 필요 없는 것들. 신경 쓰지 않는 것들.

현실이란 말이 우습다고 생각했다. 모두 현실을 알라며 입에 달고 살았어도 정작 현실이 무엇인지 설명할 줄은 몰랐다. 돈을 벌어야지, 결혼해야지, 밥은 먹고 살아야지. 뭐 이런 것들을 현실이라 부르며 믿고 사는 것 같았다. 사는 게 힘들거나 막혀버렸을 때 화내고 탓하기 위해 현실이란 이름을 붙여 욕하고 휘둘렀다. 그리고 기준을 타지 않은 것들은 바보 같다며 나무랐다.

섭섭한 건 어쩔 수 없다. 아쉬움은 없거나 충분했다고 속여야지. 결과가 어떻든 걸어가야 한다. 그렇게 하나둘 쌓다 보면 언젠가 쌓여있겠지. 다 그런 거겠지.

당신은 말했다.

이미 수천 번 흔들렸다고.

실망

마음껏 기대하고
마음껏 실망하자.

맘 졸이며 체념하고 기대는 게
더 어려워라.

조급해도 돼

조급해도 돼, 초조해도 돼.
그러니까 머뭇거리라고.

그래도 괜찮다고 말해줄래?

살아있는 ___ 동굴

"이 동굴은 살아있어요."

신이 나 설명하는 당신의 볼은 발그레해졌다. 우리는 동굴에 관한 이야기를 나눴다. 석순과 종유석이 만나 석주가 되는 영겁의 시간. 그 과정은 동굴이 살아있어야만 가능하다고 말했다. 오랜 세월 석회수가 흘러내린 흔적인 종유석, 종유석에서 떨어진 물방울이 쌓여 기둥이 된 석순, 그 둘이 시간의 다리에서 만나 이어진 석주가 형성됐다. 이 모든 과정이 발아래 흐르는 물로부터 동굴의 생사가 결정된다고 말했다. 물이 흐른다면 동굴은 언제까지나 변할 것이고 성장할 것이다.

동굴은 살아있다? 세월 곁에서 어떤 형태로든 변해간다면 동굴이라 하더라도 살아있다 할 만하겠다. 그렇다면 변하지 않아 고정된 것은 죽음이라 말할 수 있을까.

죽은 눈으로 삶을 연명하는 사람들을 본 적이 있다. 죽지 못해 사는 마음으로 변하지 않는 사람들이었다. 물이 흐르지 않아 메마른 동굴이 죽은 것이었다면 메마른 눈동자를 지닌 그들의 생은 살아있다 말할 수 있었을까.

하늘

매일 발밑만 쳐다보다
잠시 고개를 들었더니
하늘이 떠 있다.

기상청 구름은 찾아보면서도
하늘 위 구름은 왜 찾지 않았을까.

모순

네게 그런 일이 생겨 안타깝다. 속으로는,
내게 생긴 일은 아니라 다행이었다.
나쁜 마음일까. 아니, 당연한 사람 마음이다.

"떨어졌어."

친구에게 받은 전화로 오히려 내가 위로받아버렸던 건 왜였을까. 친구의 서글픈 목소리와 힘든 게 혼자만이 아니란 사실에 위로를 받았다. 괜찮냐는 위로보다 기쁘다는 축하보다 네가 힘들다는 말을 들었을 때서야 내 마음은 놓였다.

그래, 너의 불행으로 나를 위로한다.

돈은 필요 없다며 속으로는 부자를 꿈꾸었고 잘 산다는 소식에 진심을 다해 웃지 않았던 건 나를 위한 위로다. 위선이 죄악이라 말하면서 말과 마음은 달리 전했다. 솔직해야 할 이에게 거짓말 한 죄, 나는 내게 거짓말한 죄를 쌓아간다. 내가 쓰는 마음이면서 내게 불편한 마음을 쌓아간다.

아이

떨어진 아이스크림을 보고 우는 아이든
떨어진 면접에 술 한잔 기울이는 젊은 아이든
떨리는 손 잡고 지난 시절 그리는 늙은 아이든.

다 힘든 거지.
다 그런 거지.

재회

"지금은 어떻게 지내세요?"

다들 한숨만 푹 내쉬었다. 그리고 대답하길.

"스스로 파놓은 무덤이니, 우리가 메꿔야지!"

그 대답에 웃었으면서도 한편으로는 위안이 됐던 것 같다.
아, 나만 답답한 게 아니구나. 다들 힘들구나.

막막한 현실을 마주했다. 날이 갈수록 더 힘들게 사는 사람들, 다 똑같이 대책 없이 사는 사람들이다. 그래도 다행인 건 그게 혼자가 아니라서, 다들 비슷하게 사는 것 같아 위안이 됐다. 오히려 힘들다는 말에 위로를 받아버린 게 미안했다.

푸념 섞인 하소연 자리에서 어쩐지 위로를 받아 버렸다. 다들 힘들다 말은 해도 어떻게든 살아가기 위해 애쓰고 있단 걸 알게 됐으니까. 당장은 막막하더라도 길은 열릴 것이라 믿으며 노력하고 있었으니까.

천천히 가도 괜찮다. 어디든 길은 있으니까.
길이 없다면 다시 돌아가면 되니까.
그런 태도를 배웠던 거니까.

다음에 만났을 때 우리, 또다시 실패여도 괜찮다.
성공하기 위해 태어난 것은 아니니까.
나아가기만 해도 된다는 걸 알게 됐으니까.

독서실

독서실 사람들은 무심하다. 낯을 가리는 걸까? 아니면 조용해야 할 공간이라 침묵한 것일까. 고개 숙인 채 묵묵히 책상으로만 향하는 사람들. 차가운 표정과 무거운 발걸음으로, 막막함과 다퉈 반복되는 일상에 지친 사람들이다.

알 수 있다. 너도 나도 힘들다는 걸.
눈인사조차 나눌 겨를이 없다는 걸.
훗날을 위해 지금을 웃지 않는다는 걸.

당신의 무심함을 탓하지 않는다.

청년실업

기회는 언제 오는 것일까.
아무리 기다려도 기회가 오지 않아
기회를 찾아 나섰다.

아무리 찾아도 기회가 보이지 않아
위기가 곧 기회라는 말에
위기를 찾아 나섰다.

거울을 보니
가장 큰 위기를 찾았다.

어느 하루

아침 8시, 잠을 깨기 위해 간단히 세수를 한다.
독서실로 향한다. 하늘은 밝았다.

점심시간, 집으로 향해 밥을 챙겨 먹는다.
다시 독서실로 향한다. 하늘은 여전히 밝았다.

졸려올 때쯤, 커피를 마시러 밖으로 향한다.
해가 기울어 하늘은 제법 어둡다.

밤 10시, 책상을 정리하고 집으로 향한다.
밖에 있는 마지막 시간, 하늘은 어두워 보이지 않았다.

하늘을 올려 봤던 건 아름다워서보다
똑같은 하루가 보기 싫어 눈을 돌린 것이다.

똑같았던 어제와 오늘이 아니고 싶어
매일 다른 하늘을 쳐다봤을 뿐이다.

욕심의 __ 경계

책임을 피하고 싶은 욕심. 없는 잘못을 이해하는 척한다고 해서, 탓을 돌린다고 해서 사라지는 어설픈 인지 부조화는 피하고 싶다. 1과 1을 더해 3을 바란 욕심과 1이 아닌 2였다는 자기기만은 버리고 싶다.

욕심과 책임의 경계를 우리는 모른다. 모두 세상을 향해 던졌던, 그저 내 마음 편하려 했던 거짓말이다.

책임의 경계

어쩌다 우리는 마음을 덜 주는 게 갑이 됐을까. 마음을 다 주는 을에서 벗어나지 못할까. 덜 사랑하여 최선이라 위로하게 됐을까.

책임지기 싫다는 말, 누군가와 함께하고 싶지 않다는 비겁한 말이 어쩌면 무거운 책임에서 벗어나고 싶은 호소였을까.

어디까지를 책임의 경계선으로 그으려 했나. 어디서부터 욕심이고 어디까지가 책임인지 알고 싶다. 경계 위에서 마음의 짐을 덜어 벗어나길 바랐다. 어차피 무거울 마음 처음부터 만들지 않으면 될 일이었다. 책임지지 않기로, 평생 이대로 살기로 결심한 순간이었다.

나이가 들어 누군가를 믿지 않게 되거나 홀로 서는 일이 많아졌다. 더는 타인으로 내 삶이 채워지기를 바라지 않게 됐다. 네가 없다고 삶이 비워지지 않기를, 그저 온전히 나만으로 삶이 완성되길 바랐다. 텅 빈 나를 보여주고 싶지 않아 발걸음을 멈추었고 진즉에 가득 찬 인생 네가 필요하지 않다. 네게 버팀목이 되어 달라 말하지 않는다. 이대로 살아낼 테니 다가오지도 말고 다가가지도 않겠다.

네 마음 다칠까 신경 쓰던 내가
내 마음 안 다칠까 고민하는 나로.

일보다 사람이 중요하다던 내가
사람보다 일이 먼저라는 나로.

만남이 서툴고 어설프던 내가
헤어짐에 익숙하고 능숙한 나로.

왜인지 시간이 갈수록 점점
부족해져 가는 나로.

탓

모든 일을 내 탓으로 돌리는 버릇이 있었다. 친구와 다투어도 연인과 헤어져도 모두 다 내 잘못이어야만 했다. 내 탓이라면 희망이 생겼다. 어쩔 수 없는 상황이 아니라고, 나만 변하면 할 수 있다고.

내 잘못이라고, 걱정 말라고, 괜찮다고.

나이가 들어 사회를 탓하기로 하였다. 해도 안 되는 것들과 힘들어 부족한 모든 탓을 사회로 돌렸다. 내 탓은 아니니까 괜찮다는 안도감이 있었다. 내 잘못은 아니니까, 사회가 변해야만 하는 것이니까. 더는 책임도 죄책감도 짊어지고 싶지 않았다.

탓해야만 버텨가는 삶이 비루하다.
탓할 수밖에 없는 삶이라 쓸쓸하다.

온전한 내 삶을 위해 탓이 필요하다.

존중

존중은 무관심일까?

타인에 대한 배려인 척했지만
가까운 사이라면 뜯어말렸을
존중이라 부른 무관심이다.

무관심, 다른 말로 존중.
존중, 다른 말로 무관심.

가끔은 두 단어를 바꿔써도
어색하지 않았다.

너를 존중하는 거야.
네게 무관심 한 거야.

네 입의 가시, 내 맘의 덩굴

상처에 덧바른 약은 쓰리다.

누군가 당신의 심기를 건드렸다면 이미 상처는 곪았던 터. 상대에 의해서가 아닌 오랜 염증에 아팠던 것이다. 쓴소리가 떨어지지 않아 맺혀 있다면 상처는 몰랐을 뿐이고 감췄을 뿐이다.

당신의 말에 순간 뜨끔- 곧이어 내 안에 화를 느꼈다. 어째서 그런 말을 하는지, 심기를 건드리는지. 예의, 배려는 눈곱만큼도 없는 사람이었던가. 기분은 상했고 가슴 속 화로는 끓기 시작했다.

"그래, 그럴 수 있어."

이해하는 척 고리타분하고 따분한 말로 눈을 돌렸다. 잠잠해지는 듯 화는 다시 넘칠듯한 선에서 내뱉지도 멈출 수도 없이 빙글빙글 헤매고 있었다.

화를 대하는 법을 잊어버렸다. 서로에게 좋은 말만 주고받으며 살 순 없을까? 긁어 부스럼 만든 당신이 밉다. 오늘만큼 더 격하게 화는 당신을 향했다.

"왜?"

이미 내 안에 끼어있는 답답함. 다른 이의 질타가 싫었던 건 당신을 통해 감췄던 내 아픔을 들켰기 때문이다. 나를 나무랄 자격은 오직 내게만, 원치 않은 결과는 스스로 채찍질해 견뎠지만 아픈 줄 알지 못했다. 나조차 감정을 알아차리지 못할 때, 내 몸으로 살고 있어도 나를 잘 알지 못한 때. 상황으로부터 누군가로부터 어쩌면 꿈으로부터 나를 짚어 보는 경우가 많았다.

자신을 향한 채찍은 거둘 필요가 있다. 믿어주지 않아 화가 났다면 내가 의심하고 있던 것은 아니었을까. 믿었다면 누가 뭐라 하든 듣지 않았을 텐데, 들리지 않았을 텐데. 나만이라도 믿어주길 바랐을 텐데.

너를 향한 감정이 나를 향한 것은 아니었는지.
스스로 다친 말은 아니었는지.

이해

이해한다 말을 많이 해도
공감한다 말은 줄어든다.

이해라는 말속엔 희미한 경계가 보이는 듯했다. 이해해 줄 수는 있어- 단지 너의 생각과 행동을 보고도 넘어가 줄 수 있을 정도의 아량일 뿐. 그러나 그 아량은 공감까지 닿지는 못했다. 내 상황이 아니니까, 너와 내 거리에서 진정한 이해는 없다. 그러니까 얕은 이해 혹은 커봐야 공감 정도뿐 그 이상에 의미는 없다.

세상에 나 하나 전부 이해해줄 수 있는 사람은 있을 수 없다.

존중 ___ 여행

심드렁한 답변이라 기대를 못 채웠나. 여행에 관한 외로움을 이야기했을 때 친구는 실망한 듯 보였다. 나는 그 이유에 대해 천천히 설명했다.

"여행이 특별했던 건 하고 싶은 일이었기 때문일 거야. 누군가에게 필요 없는 여행이라면 권하지 않아. 각자의 인생을 존중받아 사는 것만으로도 우리의 삶은 충분하거든."

삶이 특별하다고 과장하고 싶지 않다. 여행을 통해 배운 것은 존중, 여행이라는 성취의 과정에서 자기만의 답을 찾았다면 충분했다. 자기 인생의 답을 이해하고 존중받는 것. 그래서 삶을 여행 중인 우리 모두가 존중받아 마땅하다.

떠나고 싶다면 떠나라. 그러나 싫다면 말아라. 인생에 정답은 없고 강요도 없다. 각자의 인생만으로도 버거운 삶이기에, 각자의 답으로 존중받는 사회가 되길 염원한다.

사소한 다툼

"우리는 사소한 사이가 아니잖아."

그 한마디에 화가 누그러졌고
그 한마디로 다툼이 아니게 됐고
그 한마디는 불안에서 온 것이었다.

우리는 섭섭했다. 만남이 서툴러 다툼으로 번졌다. 잘못이 아닌 서로의 다름이 부딪혀 만들어진 붉은 꽃. 최선으로 마음을 지키려 노력했을 뿐이다. 너를 사랑한 마음, 너를 향한 내 마음 지키기 위해 다툼을 불러 썼을 뿐이다. 온 마음 다했기에 그런 것이다.

다툰 이유가 기억나지 않는 건 중요한 일이 아니었기 때문이다. 떠날까 겁이 난 것이고 사라질까 두려웠던 이유다.

우리의 관계 사소하지 않다 말해주었을 때 비로소 안심했다.

불안한 마음, 당신만 사라지지 않는다면 그 무엇도 괜찮았다. 사랑한다는 뻔한 고백보다 사랑해달라는 소심한 투정보다 당신에게 사소하지 않은 존재라면 충분했다. 네게서 사소한 사람이 아니고 싶었다.

바다 위 두 개의 섬
떨리는 목소리
파도는 부딪혔다.

오버 하지 마

"오버 하지 마."

한 문장으로 나의 감정은 일축되고 말았다. 표현하고 싶은 이야기들이, 세상에 비집고 나온 표현들이 오버라는 단어에 막혀 버렸다.

오버, 조금 넘친다는 말. 왜 하지 말라며 감정을 죽여야 했고 숨죽인 감정은 자연스러운 것이 됐을까. 어째서 기준을 만들어 누군가에게 강요하게 됐을까.

기준을 만든 강요야말로 오버라 말하고 싶다. 우리는 입을 열기도 전에 닫는 연습을 해야 했고 자존감을 쌓기도 전에 낮추는 태도를 배워야 했다. 행복하지 않았던 감정을 타인에게 강요하는 것이 옳을까? 자유로운 표현을 막는 것이 어른들의 몫일까?

우리 서로에게 오버 좀 하지 말자.

기상청

틀리다고 욕해도
매달려야 하는 게 기상청이라면

밉다고 말해도
네게 매달려야 하는 나와 닮았다.

날씨

항상 맑을 필요는 없어.

항상 흐리진 않을 테니까.

미운__오리

스스로 오리임을 아는 오리. 스스로 백조라 착각하는 오리.
누가 더 안타까울까?
아니면 오리와 백조의 구분이 잘못됐을까.
어차피 오리와 백조도 새일 뿐일까.

언제부터 스스로 백조라 믿었다. 백조가 되지 못한 오리의 역할을 맡은 것이다. 그래서 백조가 되려 노력했다. 점 하나 찍어 미운 오리라 믿고 싶었다. 하지만 두려웠다. 그저 그런 오리일까 봐. 오리로 살고 싶지 않은 오리일까 봐.

노력 만능주의를 믿진 않아 더 영리하게 살아야 했다. 모든 분야에서 최고가 될 순 없으니 나만의 길을 찾아 백조가 되어 훨훨 날 것이다. 그러나 미치지 않은 결과에 무너진 현실. 부딪힐 때마다 이겨내려 했던 것은 멀리 날아갈 백조라 믿었기 때문이었다. 착각일까, 한낱 꿈일까 끊임없이 의심했고 별 볼 일 없는 꿈을 가진 보통의 존재일까 두려웠다.

미운 오리가 되고 싶다.

미운털 박힌 오리고 싶다.

월급

값싼 꿈을 팔아 대신 돈을 벌었으니
제값은 받았는지 모르겠네.

꿈 대신 대출 받은 이자 값은
통장에서 나간 이 만큼이겠네.

꿈의 필요

여행이란 현실과 떨어진 곳으로 이끄는 몽상. 꿈과 기억을 끄집어 현실과는 다른 공간으로 안내한다. 신께 드리는 기도처럼 음악으로 떠올리는 추억처럼 행복을 바란 현실에서 벗어난다. 꿈이 필요해 여행을 떠난다.

현실적이어라 안정적이어라 돈을 벌라고 한 현실에 어떤 형태로든 비현실을 만든다. 현실만으로 행복하지 않은 현실은 부딪힐 것 투성이, 그러나 꿈은 부딪히지 않는다.

만약 헛된 꿈이란 걸 알아도
차라리 꿈속에서 사는 게 행복일까.

꿈

꿈을 이룬다는 건, 다음
꿈을 꾸게 된다는 것.

꿈을 꿈으로 남겨놓으라는 말. 첫사랑처럼 이뤄지지 않는 추억으로 남겨놓으라는 말. 이해하고 싶지 않았다. 아릿한 그 느낌, 그리운 감정, 알 수 없는 여운을 가진 채 살아도 좋겠지만 그럼에도 불구하고 꿈을 이룬 삶이고 싶다. 사람은 본디 꿈을 꾸는 존재로 살아간다. 터무니없이 커다랗다 해도 사소하여 볼품없다 해도 결코 값을 매길 수 없는 게 꿈. 가난해도 가질 수 있는 꿈이기에 이뤄지길 소망한다.

꿈은 소비되어 사라지는 것이 아니라 다시 만들어지는 것. 꿈은 다시 밀려오는 파도 같은 것. 가슴 한 켠 보관한 꿈을 펼쳐 그려나가는 것. 잠시 메마른 꿈자리에 다시 찬란한 꿈을 채운다.

꿈을 이뤄 허무해지는 순간을 오길 바란다.

꿈을 간직하지 않아 이뤄 없애버리려 한다.

그래서 다음 꿈, 찾아오길 기다린다.

아무것도 모를 때라

아무것도 모를 때가 좋은 거라 말했어.

어릴 때는 걱정을 몰라 좋을 때라 말했고
젊을 때는 현실을 몰라 좋을 때라 말했고
지금은 네 입장을 몰라 좋을 거라 말했어.

다행이다. 불행한 네 입장을 모르는
지금은 좋은 때구나.

그럼 평생 모른 채로 살 테니
더 이상 아무 말도 말아 줄래?

좋을 텐데

꿈을 향해 달리라는 말보다
달려 나갈 꿈 하나가 없다면.

왜 노력을 안 하는지 묻지 말고
왜 노력을 해야 하는지 알려준다면.

빠르게 달리라고만 하지 말고
어디로 달려라, 말해준다면.

불필요한 조언

내 몸뚱아리는 오직 하나뿐이라서
나는 널 이해하지 못했다.
네 몸뚱아리는 겨우 그뿐이면서
너는 왜 날 이해한다 했을까.

"응당 사람이라면."

책을 읽어야 했고 뉴스를 봐야 했고 여행을 떠나야 했다. 학생이라면 그 어렵다는 '사람'이 되기 위한 공부를 해야 했다. 언제부터인가 사람으로 태어났기에 사람이 되지 못하는 세상이었다. 어려운 기준에 누구를 탓할 수 없어 결국 사람이 되지 못한 나를 탓하는 세상.

이런 세상 속 가장 불필요한 것은 단연 '조언'

내게 필요한 건 네 인생에서 짜여 나온 그런 것이 아니다. 필요한 건 내 삶에 맞춘 적격의 조언. 그런 조언 따위 존재하지 않으니 허울 좋은 위로가 낫다. 적어도 불필요한 조언과 진심 어린 위로는 구분하고자 한다. 필요한 게 선택을 위한 계산인지 아니면 당장 힘들어 등 토닥여줄 위로인지.

무능한 조언은 필요 없다. 배려 없는 네 인생사 듣고 싶지 않다. 의미 없는 그의 생각 그의 가치관 그의 몇 마디. 공감도 위로도 아무것도 없다. 하물며 위로만 채운 무능한 배려도 마찬가지. 상대의 기분은 풀어졌겠지만 상황은 나아지지 않아 아쉽겠다.

조언은 마음보다 말이 앞선다. 그렇기에 마음을 앞에 놓기로 했다. 날 위한 진심, 그거면 됐다. 문장에 의한 해결이 아닌 이 시간 이 자리에서 나를 위한 너의 진심이면 충분했다.

불필요한 조언에 화가 났던 나.

누구를 위해 진심 어린 조언을 해준 적 있었나.
아니, 진심으로 누구를 위해 본 적이 있었나.

뱉었던 그 말은 당신을 위해서였을까
아니면 나를 위해서였을까.

이유

"남 눈치 보지 말고 하고 싶은 대로 밀고 나가."

조언해주셔서 감사합니다.

덕분에 알았어요. 왜 당신이
그렇게 눈치 없는 행동들을
끊임없이 하고 계신지.

배부른 소크라테스

호구처럼 살래? 피곤하게 살래?

부당한 일을 겪었다고 말했더니
조언을 해준다는 너.

참는 건 호구같이 사는 거라 말했고
화내면 피곤하게 사는 거라 말했다.

너한테 말한 내가
피곤하게 사는 호구.

여유

"마음에 여유가 없어서 그랬어요."

"언제까지 없을 건데요?"

마음에 여유가 없어 화가 난 것인지,
화를 내고 싶어 여유를 탓한 것인지
잘 모르게 됐다.

여유가 없다는 핑계로 화를 내는
이기적인 사람이 됐다.

마음의 __ 가난

충분한 탄수화물과 당분, 갈증을 해소할 탄산음료 하나면 어디서든 하루를 버틸 수 있었다. 배낭에 걸린 물 한 통과 빵 한 쪽으로 때우는 가난한 여행이었어도 괜찮았다. 마음만은 풍족했던 값 비싼 시간. 꿈으로나마 한껏 배불렀던 그때는 부족할 것이 없었다.

청춘은 원래 없는 것이라며 가진 것 없는 자신을 이해하고 위로한다. 젊음이라는 자격으로 가난을 부끄러워하지 않아야 한다. 가난 대신 검소라 부르며 젊어서 없는 돈이라 그러려니, 꿈은 있어도 돈 없는 현실에 눈살만 찌푸린다. 대한민국 어디를 가도 돈 돈 돈, 언제나 돈이 문제. 친구가 사준다던 밥 한 끼조차 거절한 이유는 어차피 늘어날 빚이기 때문이었다. 돈이 뭐라고 이리도 숨이 막힐까.

돈은 이 시대의 권력이고 나를 표현하는 단순한 숫자. 사람의 가치를 분명하게 매겨주는 아주 간편한 숫자. 그건 아니지- 형식적인 말에 수백 번 고개를 끄덕였어도 모르니까 하는 소리일 뿐이다. TV에선 부자들이 가난을 이겨내 성공한 자신의 어릴 적 이야기에 눈물을 흘렸다. 가난이 언제부터 성공을 포장하는 수단이었을까. 성공을 더 아름답고 멋지게 만드는 도구가 됐냐는 말이다.

가난을 떳떳하게 말할 자격조차 소수의 특권이었다. 어디선가 말하지 못한 수많은 가난은 숙연하다. 가난했기에 가난을 말할 수 없었던 이들과 가난하기에 원망할 시간조차 부족한 이들의 목소리는 어디서도 울리지 않았다.

그때처럼 배는 고프진 않은데
왜일까, 불만 가득한 내 마음은
그때보다 가난해져 버렸다.

비교

힘들 때마다 더 힘들었던 기억으로
위안을 얻는다는 건 우습다.

힘든 시간이 나를 강하게 만들었는지
익숙하게 만들었는지 헷갈려 우습다.

괜찮다고 거짓말하는
내가 더 우습다.

달리기

운동은 좋아해도 달리기는 싫어하는 편이었다. 그래도 저녁마다 달리기 시작한 이유는 집에 돌아와 답답함을 풀 곳이 없었기 때문이다. 그렇게 만들어진 나만의 달리기 코스. 답답할 때면 뛰기 시작한 게 며칠, 몇 달을 지나 어느새 1년이 넘었다. 숨 가쁘던 내가 제법 달리는 태가 나기 시작했다.

달리다 보면 매일 지나치는 어느 한 식당, 투명한 유리창 너머 북적이던 식당 안은 언제나 활기가 넘쳤다. 일이 끝나고 회식 중인 양복 차림의 회사원, 아이들과 함께 온 단란한 가족, 발그레해진 얼굴로 서로에게 술잔을 기울이는 연인까지. 그러나 가끔 그들의 밝은 표정을 볼 때면 왠지 나만 힘든 것 같아 서글퍼졌다. 내 마음은 여유가 없는데, 내 삶은 지치는데 그들만 행복한 것 같았다. 그들의 환한 웃음은 유리창에 비친 내 모습과는 멀게만 느껴졌다.

달려야겠다. 그래야 저 안으로 들어가 술 한잔 기울이지.

달리다 보면 창밖에서 달리던 지난 청춘이 보이겠지.

달리다 보면 겨우 저 안에 들어 있겠지.

달리다 보면 그렇게 달리다 보면.

노력__만능주의

"노력한 대로 이루어진다."

이 문장을 좋아하지 않는다. 마치 이루지 못한 것을 노력 부족인 양 만드는 것 같아서. 바랐더라도 이뤄지지 않았던 것들과 노력했더라도 닿지 않았던 순간들이 얼마나 많았을까. 그러나 노력 만능주의는 결과를 온전히 개인의 문제로 단정 지어 버렸다.

세상은 불공평했고 그래서 공평하다는 말이 있다. 모두가 불공평하므로 공평이란 말을 이해한다. 그렇기에 함부로 말하지 않는다. 모두가 불공평한 조건 위에 나타난 결과에 대해 잘못은 네 탓, 성과는 내 덕인 양 말할 수 없다. 그래서 딱 반, 노력으로 되는 양은 딱 반을 주기로 했다. 의지로서 확률을 높일 수 있는 건 반이고 나머지 반은 개인이 뭘 어떡하든 어쩔 수 없는 것, 세상에 맡겨야 하는 것. 잘못도 탓도 아닌 오십이 거기에 있다.

오십이라도 잘 채워 최선은 다해야 한다. 조금이라도 더 확률을 높일 수 있을 테니까. 다만 나머지 반은 뜻대로 되는 것이 아니니 나무라지 않기로 하자. 어차피 아무리 노력해도 안 되는 게 있고 힘을 빼더라도 되는 게 삶이니까.

당장

계획대로 되는 건 없어.

당장 내일조차 모르는데
먼 미래를 그려서 뭐 해.

앞만 보고 사는 거지.

걱정 __ 중독

할 게 없으면 불안해하는 심리는 결국,
손수 걱정을 찾아 나서기 이르렀다.
일을 마무리하고도 쉬지 못했던 건
어쩌면 걱정에 중독됐기 때문이다.

걱정했던 일들이 끝나고 나면 잠깐의 휴식 후 다시 바쁜 일상에 젖어 든다. 또 다른 걱정, 걱정, 걱정. 반복된 경험으로 깨달았던 건 일부러 걱정을 쫓아다니는 습관에 대한 합리적 의심. 손수 걱정을 찾아 나서기에 이른 것이다. 분명 미래를 좇는 중이라 믿었는데 주위에 널브러진 걱정들은 불안한 내 마음을 보여준다.

사람은 결과보다 과정에서 행복을 얻는다는 말이 있다. 그러나 과정에 취해 꿈을 놓쳐 버리면 실패가 아닐까? 이런 생각조차 걱정인 걸 보면 역시 걱정 중독자.

현재를 즐기라는 여전히 허울 좋고 흐릿한 말. 숨을 참아 공기의 존재를 느끼듯 가끔은 생각을 멈추고 주위를 둘러보는 연습이 필요하다. 휴식 중에도 휴식이 필요한 걱정 중독자들의 생활이다.

일단

저지르고 수습하기.

뒤돌아 갈 수 없도록
뒤돌아보지 않도록.

미래

행복한 미래를 상상해 볼 때면 현재 남겨진 문장들은 당위적인 것들이었다.

“얼마를 모아서 얼마큼 써서 얼마를 아껴야만.”

닿고 싶은 꿈과 그 미래를 만들기 위해 필요한 재료는 지금이란다. 나를 위해서 나를 태워야만 하는 이상한 반복이었다.

미래를 위해 현재를 지운다.
과거의 미래였을 현재가 지워진다.

차라리 목표가 없었다면 행복했을까. 미래를 위한 발판으로 현재를 사니 지금이 행복한지 모르게 돼버렸다. 상상한 그 날을 위해 오늘 하루가 먼지처럼 흩어지는 게 쓸쓸한 일이라고 생각했다.

지금의 하루가 미래를 위한 조각들이거든.
그 조각을 맞춰 얻고 싶은 그림이 있거든.
그래서 먼지뿐인 오늘이거든.

괜찮다. 강박이 그리고 고통이 더 멋지고 그럴싸한 나를 만들 테니. 버텨야 하는 거라면 버텨서 더 행복한 나를 만들 것이다.

괜찮아? 나중에 또다시 무언가를 견디고 있을 나라면. 그렇게 살다가 아무것도 아니게 될 나라면, 정말 괜찮아?

그럴 때이니

즐겨라. 그때뿐이니.

아쉬워라. 그럴 때이니.

4장

하얗게 기다린, 겨울

추위

아들, 지금
몸이 추운 거야?
아니면 맘이 추운 거야?

엄마, 그냥
날이 추운 거야.

그러니까 엄마
괜찮은 거야.

첫눈

겨울잠이란 단어를 보아 겨울은 하얗고, 차분한, 기다림이 어울리는 계절이다.

추운 건 싫어도 겨울은 좋아했다. 내려앉은 눈처럼 포근한 분위기, 차가운 바람에 따듯한 집이 떠오르는 계절. 마지막이란 가명을 쓴 계절이면서 새 출발의 꿈틀거림을 감춘 계절이었다. 그래서 겨울은 끝이 아닌 시작이다. 차곡히 쌓인 눈 속에 파묻혀 봄을 기다리는 새싹, 파릇한 생명을 기약한다. 봄 여름 가을 겨울은 끝나지 않는 시작만을 알린다.

눈이 내렸다.

겨울에서 몇 번이나 흩날리는 눈을 봤다. 그러나 아직 첫눈이라 말하지 않았다. 아름다워야만 첫눈이라 믿고 있다. 관측과 아무 관계 없는 내 세상만큼은 그렇게 하기로 정했다.

첫눈이 아니었던 건 아름다운 눈이 내리지 않았기 때문이다. 아름다운 눈이란 하얗게 쏟아져 세상을 따듯하게 덮어야 할 눈이다. 어두운 세상 아래 피어난 눈꽃을 더욱 희게 만들어야 할 밝은 눈이다. 오늘 내린 눈 역시 첫눈이라 부르지 못했다.

다시 첫눈을 기다린다.

언젠가 소복이 쌓여 눈부시게 세상을 물들여줄 눈을 기다린다. 그때는 아이들처럼 떨어지는 눈을 맞으며 즐겁게 뛰어놀겠다. 아무 생각 없이 그저 웃음과 함께 눈처럼 순박한 아이가 되겠다.

그제야 첫눈이구나 오늘을 놓아주겠다.

하루

어떤 밤으로 잠이 들어
어떤 아침으로 잠이 깨는지.

어떤 생각과 어떤 기분과
어떤 태도와 어떤 마음으로

하루의 처음과 끝을 살아내는지.

고요 지우기

퇴근 후 아무도 없는 단칸방에 들어와 전원 버튼을 누른다. 만년 자기소개서에 적어내던 음악 감상은 정말이었다. 생활에 가까운 의무적인 몸짓. 귀가 열리는 시간은 오직 일할 때뿐, 틈이 생길 때마다 이어폰으로 귀를 막는다. 온 사방을 음악으로 도배한 집과 자기 전까지도 타이머로 노래를 켜놓던 습관은 여전했다.

텅 빈 방을 채운 음악은 사람의 목소리와 온기를 대신하기 위해서였다. 비록 기계 음성일지라도 적막을 덜어내고 싶은 이유였다. 음악에 묻어버리고 싶었던 건 혼자이고 싶지 않다는 말. 외로움을 감춰 속삭인 혼잣말.

"누군가 전화라도 해줬으면."

가끔 그런 마음이 들 때가 있었다. 아무도 없는 날, 조금 울적한 날이면 우연히라도 전화 걸어줄 누군가 있었으면 좋겠다고. 오늘 같은 날 허전한 마음 커피 향으로 달래줄 누군가 나타났으면 좋겠다고. 드라마나 영화처럼 운명 같은 이 타이밍에 당신의 목소리가 들린다면 평생을 사랑할 텐데, 이 순간 평생 잊지 않을 텐데.

지금 이 감정 내일이면 아니 잠시 후면 흩어져버릴 가벼운 것이다. 기대고 싶을 때, 외로운 내 앞에 나타나 줄 당신을 기다린 이기적인 마음이다. 용기 없이 네게 바란 어리석은 바람이다.

집 앞 카페에 앉아 커피 한잔하며 편히 이야기 나눠보면 어떨까. 지금 이 글을 읽듯 서로를 바라보며 깊은 대화 나눠보면 어떨까.

오늘은 네가 이 고요를 지워주길 바란 외로운 날이다.

순간

별거 아닌 추억에 휘감기는 순간이 있다.
추억이라 부르기엔 사소한, 스쳐 꺼내기도 모호한
그러나 그리운 순간이 있다.

그때로 돌아가고 싶다.

누군가를 만났고, 나를 어루만졌던
그리운 그때로 돌아가고 싶다.

우는 의자

집 앞에 평범한 의자가 하나 놓여 있다. 주민들이 앉아 쉴 수 있는 뻔하고 촌스러운 나무 의자. 누구도 관심 없는 그 의자에 소중한 기억을 담아 놓았다.

힘든 일이 있을 때면 늦은 밤 혼자서 밖을 향했다. 그렇게 동네 몇 바퀴 돌아내고도 풀리지 않는 날이면, 붉어진 눈시울 들키기 싫은 날이면 어디도 향하지 못한 채 서성거리다 그 의자에 앉곤 했다. 마음을 토해낼 수 있던 늦은 밤에 아무도 신경 쓰지 않는 그 의자만이 마음껏 슬퍼할 수 있는 장소였다. 슬퍼할 자유, 기댈 곳 없는 슬픔을 여기 촌스럽고 허름한 의자 위에 올려놓았다.

하룻밤 내린 함박눈처럼 의자에 쌓인 슬픔은 몇 센치. 그때의 아픈 기억은 시간이 지나 추억으로 바뀌었다. 헤어짐에 아파하던 날과 만남에 기뻐했던 날도 그 의자에 앉았다. 그건 다시 살아내기 위한 다짐이었다. 아픔이 배어든 흔적과 삶의 희망이었다.

당신의 삶을 뱉어본 장소가, 당신을 기억한 어딘가 있을까. 그 자리에 배인 아픔과 담아낸 시간은 당신을 기억한다. 얼마나 아프게 울어내었고 숨죽였는지 누구도 함부로 짐작할 수 없겠지만 쏟아냈고 다시 일어나 살아냈다.

그러니 괜찮다. 당신은 그때처럼 약하지 않다. 그때처럼 다시 이겨낼 것이고 다시 살아낼 것이다.

청춘

청춘은 아프단다.

어른들의 지나간 청춘도
우리들이 마주한 청춘도
아이들의 다가올 청춘도

다 마찬가지란다.

덮을 필요 없다 허우적거리는 손
감출 필요 없다. 당신, 크게 될 필요 없다.

그러니 힘들어 말고 애쓰지 말고,
그렇게 다시 일어나려 하지 말고.

수능

매년 11월 둘째 주 목요일, 수능 날이면 쓸쓸함이 감돈다. 이 날에 떠오르는 기억은 버스를 타고 시험장으로 향하던 차갑고도 외로웠던 아침 공기. 수능을 본지 한참이 지난 지금도 무거운 공기가 느껴졌다. 지난 긴장과 아쉬움 등 그 모든 게 수능이란 단어에 섞여 있었다.

누구에게나 얼룩진 날이 있다.
외로웠다거나, 힘들었다거나.
지워지지 않은 감정이 깃들게 된 날.

비록 얼룩은 지워지지 않겠지만
예쁜 그림으로 덧대어졌으면 좋겠다.

지금 당신은 그런 날들을 지나
잘 살아낸 강한 사람이니까.

여행__권장

여행을 떠나라 말 못하는 사람이 됐다

"여행 한 번 다녀와."

편하게 말한 적이 언제였나. 이제는 알게 됐다.

당신이 여행 한 번 가기 어려운 마음으로 살아간다는 걸.
여행 갈 시간과 돈이 없는 게 아니라
자신에게 여행 한 번 선물하기 어색한 사람이라는 걸.

도망가자

삶이 버거워 누군가의 시선에서 도망치고 싶었다.
무엇보다 나를 향한 나의 매질과 질타가 미웠다.

혼자 걸으며 허공에 내지르는 함성이 상쾌했다. 그동안 내뱉지 못했던 한숨과 맘껏 질러보는 탄성에 속이 시원했다. 바람 소리에 목소리는 묻혔어도 어느 때보다 크게 소리 지를 수 있는 지금의 시간과 걸음이 만족스럽다. 우리는 어디서도 큰소리 한 번 못 지르는 상황과 억압 아래 당연한 듯 고개만 끄덕였다.

도망을 비겁하다거나 인내심이 부족하다는 이유로 치부되는 사회가 씁쓸했다. 우리는 돌아갈 집은 있어도 도망칠 곳은 하나 없다는 건 슬픈 일이 아닐까. 삶이 항상 만족스럽지 않듯 가끔 세상을 잠시 가려둘 필요도 있는 게 아닐까. 손바닥만으로 가려지지 않는 삶일 테니 아예 보이지도 않게 내가 사라져 버리고 싶을 때가 있는 법이다.

도망이 아닌 우리 삶이 이해될 수 있는 세상이면 좋겠다. 당신이 삶을 너그럽게 이해할 수 있는 사람이면 좋겠다. 가끔은 시선이 없는 곳으로 무던하게 떠날 수 있는 내가 될 수 있으면 좋겠다.

추억

정처 없던 길 위에 터벅터벅 힘없는 발걸음을 멈췄습니다.
아주 잠깐, 이 세상 또한 멈춘 듯 느껴졌습니다.

눈부신 바다를 하나하나 눈에 담았습니다.
푸른 바다를 욕심내지 않았다면 거짓말,
타들어 가는 노을에 감춰지지 않는 속마음을 들켰습니다.

오랫동안 잊고 지낸 추억이 떠올랐습니다.
아련했던 그때를 그리워하지 않았습니다.

그저 간절히 기다렸을 뿐입니다.

바보 __ 여행

갑갑한 집을 떠나면
어느 때 보다 집을 향한
애틋한 그리움이 생기는

바보 같은 여행.

역설

춥다며 따듯한 계절을 바랐다.
덥다며 지금을 떠올릴 게 뻔하다.

사람의 간사함이라 말했던 이유
이해하고 싶었기 때문이다.

집에서 가득한 지루함은
떠나서 그리운 집을 만들었고

넘치길 바랐던 가난은
넘쳐서 그리운 시절이 됐다.

네 곁에서 묵힌 답답함이
빈자리를 헛헛하게 채웠던 건

부족해서 이해하고 싶었기 때문이다.

혼자 ___ 여행

첫 여행은 그녀와 헤어지고 얼마 지나지 않아서였다. 짧지 않은 연애를 끝으로 별안간 배낭을 멨다. 주어진 삶에 오직 나를 담은 적이 있었나. 이별에 대한 화 한 줌, 사랑에 대한 의문 한 줌 섞어 여행을 떠났다. 기차에 몸을 싣고 발이 닿는 곳 어디든 다녔다. 묵묵히 수행한 첫 여행은 그렇게 시작됐다.

서울부터 시작해 광주, 부산, 안동까지 우리나라에 많은 곳을 다녔다. 몇 푼 없는 돈을 모아 처음 도전해본 여행에서 배웠던 건 재미보다 혼자 있는 법. 혼자서 밥을 먹고 혼자서 잠을 자고 혼자서 걷게 되는 이전까지 해본 적 없던 몸짓, 살면서 혼자인 적이 없었단 사실을 알게 됐다.

"괜찮구나, 혼자여도."

혼자만의 시간에서 미묘한 설렘을 느꼈다. 혼자여도 괜찮았다. 누군가 곁에 없어도 나름 멋지게 살아낼 줄 알았다. 태연

하기 위해 시작한 여행의 마지막에서 아름다운 장소보다 나를 남겼다. 외로움 대신 마음 한구석을 나로 채울 줄 알았다. 외로워야만 다시 함께할 수 있음을 알게 됐다.

듣는 걸 좋아해

목소리를 기억해준 것만으로 고맙다. 들어주는 이의 존재는 감격이고 부족한 말솜씨에 웃어주는 그대는 행복이다. 중요하지 않은 말에 나를 놓치지 않아 준 그대 곁에 함께이고 싶다.

"듣는 걸 더 좋아해."

사람이라면 누구나 자기 삶에 대한 이해와 공감을 바라기 마련이다. 말하기 좋아하는 사람과 듣기 좋아하는 사람이 나뉘어 있다는 말은 사실 다 거짓말. 사람은 누구나 말하는 걸 더 좋아한다. 단순히 말하자면 누구나 공감을 받기 원한다.

말수가 별로 없다고 하여 듣는 걸 좋아한다고 착각해서는 안 된다. 좋아하는 사람이 말할 때나 좋지, 아무 말이나 다 들어주고 싶지 않다. 듣기는 꽤 힘이 들어가는 행위다. 누군가 내 삶을 공감하고 이해한다는 건 즐거운 일이지만 어렵고 소중한 일이다. 누구나 이해를 바란다.

듣는 게 더 좋다는 이를 찾아가 그의 이야기를 꺼내고 싶다. 어쩌면 의미 없던 공감이 싫어 입을 열지 않았던 마음을 열고 싶다. 그의 말과 삶에 대한 공감을 준비한다. 그러니 듣는 걸 좋아한다고 속이지 않아도 괜찮다. 더 이상 듣는다는 말로 당신을 감추지 않았으면. 들어주지 않는 이를 곁에 두지 말았으면. 목소리 하나하나 집중할 테니 당신만의 특별한 삶 내게 들려주었으면.

성공의 이유

"합격해서 가장 좋았던 게 뭐야?"

"우리 어머니 아버지 기뻐하셨을 때. 그때가 제일 행복했던 것 같아."

친구는 합격 후 가장 좋았던 순간이 부모님의 기뻐하는 얼굴을 봤을 때라고 했다.

사랑하는 이가 나로 인해 행복했으면 한다. 감히 나의 존재로 그들에게 기쁨과 웃음을 선물할 수 있다면 행복이겠다. 본인 일인 듯 기뻐하는 부모님을 보며, 자랑스럽게 내 이름 부르는 친구들을 보며 성공을 다짐했다. 사랑하는 이들의 행복을 만드는 게 나의 행복이라 정의했다.

휘발해버리기 쉬운 감정이든 가벼운 욕망이든 상관없다. 이 마음 얼마든 소비해 더 멀리 나아가고 싶다. 당신의 기억에 붉은 점 하나 찍은 뒤 사라진다면 행복한 삶이겠다. 아니, 그리하여 더는 나란 존재 사라지지 않는다.

숨이 멎을 때보다 오래 살려면 타인에게 행복한 기억으로 남으면 된다. 발은 닿아도 마음이 닿지 않는 곳까지 멀리 살면 된다. 나로 인해 수 초라도 웃게 된 당신이 있을 때 난 영원을 약속받는다.

당신에게 행복을 준 나라서
영원히 사라지지 않는다.

미련

후회는 남아도
미련은 남지 않기를.

깜깜한 미래보다 더 무서웠던 건
미련 남아 아쉬워할 미래의 나였다.

꿈의 이유

어떻게 하고 싶은 것만 하고 살겠어.

살고 싶어서 하는 거지. 이거 아니면,
죽겠으니까 하는 거지.

후회 리스트

후회를 피하는 방법을 알려줄게.

후회하기 전에 미리
후회할 거 정해놓기.

그럼 계획표에 적어놓은
후회 리스트를 보여줄래?

고민

방향은 맞을까.

열심히는 산 것 같은데 맞는 방향이었을까 싶은,
엄한데 땅 파고 산 것은 아니었나 고민했다.

요즘 세상은 열심히 만으로 부족했다.
열심히도 요령 있게 '잘' 해야 한다.
그래야만 덜 무섭고 덜 힘들고 덜 실패한다.
비교할 데 없는 삶은 걱정만 가득할 수밖에.

그래서 울적한 마음에 하소연을 좀 했는데
내 말을 다 들은 친구가 대답하길.

"행복한 고민이네."

체념

하고 싶은 게 없다고 말했지만
사실이 아니었다.

하고 싶은 건 분명했다. 단지
할 수 없다는 걸 너무도 잘
알았을 뿐이니까.

모두가 다 그렇게 살아

떠나지 못한 시간에서 여행은 잊었고 의미 부여는 멈췄다. 여행을 사랑해 떠났다기보다 반복되는 삶에서 벗어나길 원했다. 뻔한 일상과 불편한 인간관계와 불안한 미래에서 나를 멀리 떨어뜨리려 했다. 매일 마주하는 평면적인 삶 말고 알록달록 무늬를 가진 입체적인 삶으로 던져지길 바랐다. 싫지도 그렇다고 좋지도 않은 세상은 재미가 없었다.

"모두가 다 그렇게 살아."

뻔한 삶이 지겨워 칭얼거렸더니 별거 아니라는 듯 말하는 너. 힘든 사람은 힘들어서 우울할 시간도 없다고, 원래 그런 삶이라 안타까울 것도 슬플 것도 없다며 퉁명스럽게 답했다. 동의하고 싶진 않지만 정말 그런가 싶어 서글퍼졌다. 쳇바퀴 같은 삶이 당연한 것이고 무료함에 느낀 우울감이라면 쉬고 싶은 누군가에겐 행복한 삶일지도 모르겠다.

"그럼 행복한 사람은 행복을 모를까?"

힘든 사람이 힘든지 모르는 게 삶이라면 행복한 사람은 행복을 모를 수밖에 없지 않을까? 어이없게도 답을 찾아낸 듯하다.

찾으려 하면 찾을 수 없는 것이 행복이 가진 속성일까. 알려고 해도 모르는 것이 행복이라면 애써 행복을 찾을 필요가 없었다. 어차피 과거형으로밖에 남길 수 없는 것이 행복이라면, 보고 싶어도 볼 수 없는 게 행복이라면 우리는 행복을 모를 때 행복할 수 있다.

행복

행복이란 단어가 있어 행복이 아닌 삶을 알고
행복을 바라면서 행복이 행복인 줄 모른다.

행복을 찾지 않았다면 허둥대지 않았을 텐데.
행복을 모른 채 행복하게 살았을 텐데.

TV에서도 책에서도 모두가 행복을 찾아다닌다. 도대체 왜 행복을 찾게 됐을까?

행복이란 단어가 있어 행복과 아닌 것에 구분이 생겼다. 행복에 관해 고민하고 부족하다 느꼈다. 더 비싼 행복이 있을 거라, 지금이 불행이라 낙인찍어 버렸다. 보이지도 않는 행복을 좇아 지금이 행복한지 모르게 돼버렸다.

차라리 행복을 모르던 시절로,
존재하지 않던 때로 돌아가겠다.

행복을 찾는데 무의미한 시간 쓰지 않겠다.
행복을 잊어야만 행복에 가까워질 수 있었다.

반 어른

언젠가 어른이 된다면서
어느새 어른이라 불렸고
그렇게 어른은 아니었다.

아이들에게 부끄럽지 않은 어른이어야 했다. 어리고 미숙한 부분은 버릴 것이다. 그래서 어른이란 말 뒤로 숨어버리는 어른이 됐다. 책임을 짊고 싶지 않은, 억지를 덮어쓴 아이가 됐다.

철들지 못한 마음이었다. 버리지 못해 나이가 들도록 남겨놓았다. 자라지 못해 멈춰버린 반쪽짜리 마음이자 이제는 지켜야 할 연약한 것. 어른은 높은 곳을 향한 성장의 과정이 아니었다. 이리저리 헤매도 헤매는 것조차 나라는 걸, 그저 여러 모습 중 하나일 뿐이란 걸 알았다. 지금을 만들어준 건 어른인 내가 아닌 어린 나로부터 이뤄낸 선물이었다.

그래서 어린 마음을 버리거나 부정하지 않는다. 흔들리고 부서지기 쉬운 여린 것을 억누르지 않도록 어린 나에 대한 어른의 몫이다. 차가운 어른으로는 따듯한 삶을 살아낼 수 없다. 어린 나와 마주하는 삶이라야만 어른으로 버텨낼 수 있다.

완벽

부족한 나를 감추려는 핑계려나 싶다가도
머리를 흔들어 깨우는 말.

완벽하지 않아서 완벽한 거라고,
그러니까 너무 애쓰지 말라고.

완벽하지 않아서 완벽하다, 부족한 나를 인정하는
티 없이 솔직한 말이라서 완벽하다.

미 완성

미완성이란 단어가 좋았다. 완성 후 기다리는 것은 내리막길 뿐이니 계속 반쪽짜리 상태여야 했다. 삶은 지속될 테고 살아 있는 한 꿈과 미래가 필요했다. 완성되지 않는다는 건 무한한 잠재성을 갖는다. 가능성을 믿고 한계는 닫아둔 채 열고 싶지 않았다.

욕심은 끝이 없다. 끝없는 욕망과 경쟁 속 우리가 정해놓은 수많은 숫자, 결국 그 끝은 또 다른 욕심이란 결론에 다다른다. 그러나 배고픈 인간이 아닌 완벽을 원하는 미완성의 상태. 무언가 좇아 살아있음을 느끼고 증명하려는 건 결국 허기를 느낄 수밖에 없는 존재란 걸 의미했다.

지금의 공허를 이해한다면 편해질 수 있을까?
채움과 동시에 다시 비워질 수밖에 없음을 이해할까?

빈 마음에 욕심을 채운다. 어차피 가득 못 채울 깨진 항아리

라면 바다처럼 망망대해가 펼쳐질 때까지 채우고 또 채울 것이다.

완벽하지 못한 삶이라 차라리 행복한 거다. 하고 싶은 것들이 가득 차 죽을 때까지 삶은 즐거울 테니까. 완벽하지 않기에 괜찮다 말 한마디 건넬 수 있으니까.

후회 지우기

이미 지나가 버려 다시 돌리지 못할 때마다
후회하지 않기로, 아쉽지 않기로 정했다.

수많은 후회를 만족으로 덮어 아쉬움을 지운다.
뒤돌아보지 않기 위해 과거를 지운다.

후회를 쌓으면서도 저것은 후회가 아니라
삶이었다고 부른다. 거짓말을 쌓는다.

누가 그러더라

누가 그러던가요.

인생이 그렇다고
사랑이 그렇다고
이별이 그렇다고 .

누가 그러던가요.
얼마나 다르던가요.

"누가 그러더라."

애매하지만 난이도를 가진 그 말. 딱! 이 타이밍에 누군가 말해준 명대사로 감동을 줘야 한다. 지금의 차가운 공백을 삶의 정수가 담긴 교훈으로 채워야 한다.

실은 남의 말을 빌려 네게 하고 싶은 말이었다. 뱉기엔 멋쩍어

남의 말로 대신 전했다. 인생과 사랑과 이별에 관한 숨겨왔던 나의 철학. 빌려야만 말할 수 있던 수줍은 나의 말이었다.

너의 말을 빌려 뱉고 싶은 말을 전한다.
네게 말하고 싶은 나의 말을 몰래 전한다.

착한 __ 사람

"너는 착하려고 노력하는 사람."

착한 척으로는 보이지 않아 다행이었다. 적어도 착한 쪽에 가깝다는 말이었으니까. 친구는 내가 착한 사람은 아니랬다. 대신 착하려고 노력하는 사람, 검지도 희지도 않은 회색빛을 가진 사람, 선한 쪽에 가까운 사람이라고 했다. 속을 들킨 듯 부끄러워졌다.

모두가 이렇게 사는 게 아닐까 머리를 흔들었지만 아마 착한 사람이라면 이런 고민조차 하지 않을 것 같다. 선한 이들의 삶은 억지스럽지 않은 투명한 유리병일 테니까.

어릴 적 착한 아이는 칭찬이었다. 칭찬을 받기 위해 노력해 착한 아이라는 명찰을 받았다. 착한 아이는 친구들과 잘 지내고 말썽도 부리지 않는다. 화가 나도 참고 어른스러워야 한다. 그렇게 나이가 들어 착한 어른이 됐다. 이제 누구의 말을 들으면 될까? 착한 어른은 이제 칭찬받을 사람이 없다는 걸 알았다. 사회는 말 잘 듣는 착한 어른에게 많은 것을 요구했지만 희생만큼 돌아오는 것은 없었다. 그래서 더는 호구처럼 살지 않겠다고 다짐했다.

"착하다는 건 호구 같다는 거야."

착하다는 말이 듣기 싫은 사람들, 배려만 해왔기에 상처받은 사람들. 하지만 그런 생각조차 착해서 얻게 된 마음일까? 타인을 헤아리지 않겠다는 말조차 배려를 알기에 말한 또 다른 착함의 증거였다.

고집

선불리 판단하지 않는다는 건
그만큼 뚜렷한 기준을 갖고 산다는 말.

억척스러운 나의 고집을 알기에
남의 고집 또한 이해한다는 말.

나를 정의할 수 있어야만, 함부로
남을 정의 내리지 않는

이해심 넓은 고집스러운 사람.

색깔

"너랑 있으면 편해."

밋밋한 말이라고 생각했다. 나에게 색깔이 없어서일까? 특징 없는 사람이란 말일까. 별다른 해줄 말이 없어서, 돋보이지 않는 색을 가진 나라서 해준 말은 아니었을까.

그러고 보면 타인에게 내 마음의 편안함을 허락한 적이 별로 없었다. 어색하지 않게, 긴장하지 않게 곁을 함께한 이가 많지 않았다. 누구와 있어도 어울리는 향을 낼 수 있는 투명한 색을 가진 사람.

편안한 사람이란 그 누구보다 진한 색을 가진 사람이었다.

색감

좋아하는 색, 보여주고 싶은 색.

온 세상 다 물들이려는 색.

좋은 어른

해 질 녘 노을에 비친 아이들의 그림자가 놀이터를 가득 채웠다. 어른이 되면 그림자는 작아지는 것일까, 이상한 궁금증이 생겼다.

어릴 적 상상한 삶은 두렵고도 설레는 장소였다. 미지의 어딘가를 기대했고 꿈꾸며 기다렸다. 그래서 가끔은 설레는 세상을 가진 아이들을 보며 그때를 그리워했다. 세상은 작아졌지만 처진 어깨로 뒤로 흘긴 나의 그림자는 그때보다 크지 않았다. 철들지 못한 채 커버린 어른의 그림자는 어린 시절보다 작아져 버렸다.

"커서 뭘 하든 잘할 아이예요."

학창 시절 학부모 상담 시간이면 담임선생님은 부모님께 좋은 말을 건네주셨다. 그러나 잘 해내지 못하는 어른이 된 나는 뒤돌아 무책임한 말을 탓하기 시작했다. 지루하게 돈 버는 어른이 될 테니 안심하란 무성의한 말이었을까. 성실한 어른이 돼야 했지만 성취 없는 어른이 돼버려 아픈 말로 기억에 남았다.

그들이 기대한 어른은 무엇이었을까. 어른이라면 어떤 환경에서도 적응해 탈 없이 잘 어울리고 건실한 성과를 내는 사람일 것 같다. 나는 그런 종류의 사람과는 거리가 멀었다. 한없이 뒤처지고 도망치는 무능한 사람이 됐다. 안정을 권유하는 사회에서 어울리지 못하는 어른이 됐다.

나는 헤매고 고민하고 피하고 책임지기 싫어하는 어른이 됐다. 그렇기에 말해줘야겠다. 너희만큼은-

좋은 어른이 되라고.

두고 온 사람

떠나간 이는 눈물을 훔치지 않는다.
막막한 내일을 살아갈 뿐이다.

남은 이들의 가슴은 공허해서
이별한 이가 남긴 그리움만
옷깃에 묻어난다.

너를 두고 떠나야 했을 때
뒤돌아 그 눈물 보게 됐을 때

다시 한번 애써 살기로 다짐했다.

떠난다

'떠난다'는 말은 설레면서도 아프다.

아무도 없는 미지의 세계로 떠난다는 설렘
정들어버린 삶에서 멀어지는 헤어짐,
두 의미가 공존했다.

결국 어떤 형태로든 희미해져 갔다.

헤어지는 ___ 수순

헤어진다는 건 사랑의 당연한 종착점이란 사실을 믿게 됐다. 그것은 법칙이자 진리. 처음 우리는 닮은 듯 보였고 서로를 운명이라 말했고 그래서 영원을 약속했다. 그때 그 말들은 진심이었다.

타오르던 사랑은 꺼지고 변하지 않은 척 서로를 대했다. 마음은 변하기 마련이기에, 삶은 한정되어있기에 영원을 간절히 바랐지만 결국 영원은 없기에 영원을 바란 것이다. 어떤 이는 변화를 성숙이라 포장했고 다른 이는 변하지 않음을 순백이라 말했으니 이 간극은 어찌할까. 성숙해져 버린 우리가 헤어지는 건 그래서 당연하다. 오직 둘만의 시간 속에 다른 것들은 보지 않았다. 변치 않을 서로를 원하느라 변해가는 서로를 보지 못했다. 보고 싶지도, 볼 필요도 없이 그저 꿈에 그리던 상대가 먼저였다.

서로밖에 없던 우리가 이제야 성숙해졌다. 어렸을 너와 나는 그저 둘이 함께했어야 할 정도로 나약했을 뿐이다. 아무것도 없던 힘든 시절을 둘이라서 버텨냈다. 그렇기에 다시 돌아가지 않는다. 힘든 세상에 잡을게 서로뿐인 그때여서 다시 돌아가지 않는다.

헤어졌기에 성숙해졌다 말하지 않는다.
성숙해졌기에 우리는 헤어지는 것이다.

어차피 __ 변해

"겉모습은 변해도 마음은 변하지 않아."

"아니, 결국은 다 변하기 마련이야."

외면이든 내면이든 다 변하기 마련이다. 나이가 들어 외모가 변하듯 마음도, 진심도 언젠가 변할 것이다. 세상에 변하지 않는 것은 없었다.

사랑하지 않았던 널 사랑하게 된 것처럼.
사랑했던 널 더는 사랑하지 않게 된 것처럼.

이 말에 슬퍼했던 나조차 언젠가 감정조차 느끼지 못할 만큼 무감각해졌다. 그러니 영원을 약속하여 값을 매기지는 말았으면. 지금에 취해 사랑하면 될 뿐이다. 금방이라도 사라져버릴 사랑을 하듯.

어차피 무의미해

당장 바라는 걸 얻게 됐을 때 세상을 다 가진 듯 행복할 것 같다. 그게 사랑이든, 성공이든, 돈이든. 그리고 속삭이는 목소리가 들린다.

"어차피 무의미해."

어차피 공허할 것이란 것. 얻게 될 행복이 다가 아니라는 것. 어차피는 세상만사 누구나 하는 말이다. 결국 해봐야 의미 없을 거란 말과 그러니 그렇게 애쓰지 않아도 괜찮다고, 지금의 삶에 만족하고 편하게 살라고.

그런 것쯤 알고 있다. 짧고 강렬한 단맛을 보기 위해 이 난리를 피우는 거다. 그래서 애쓰는 거고 발악하는 거고 노력하는 거다. 결과가 어떻든 애썼을 당신은 이 순간 누구보다 빛날 테니까.

어차피, 삶이다. 결국은 익숙해지고 안도하고 지루해질 날이 오겠지만 그래도 해보려는 건 그 짧은 행복감이라도 얻기 위함이다. 길지 않아도 좋으니 그 경험을 위해 달려보는 거다. 성취하든 말든 뭐 어때, 이루려 애써온 그 과정에서 얼마나 많은 것들을 얻었을까.

결국은 __ 솔직하게

솔직했어야 했지만 끝내 거짓말로 덕지덕지 얼룩져 버렸다. 상처 주지 않는 착한 사람으로 남고 싶었다. 하지만 솔직하지 않아 부산스러워지는 것들은 피하고 싶은 욕심. 거절이 싫어 강요된 선택지 위에 내키지 않는 동의가 다반사였다. 부당해도 받아드렸고 타고난 거절꾼들을 부러워했다. 거절은 재능을 갖고 태어났어야 한다고 믿었다.

대부분 마음 졸여 끊여낸 솔직함으로 상상했던 최악은 일어나지 않았다. 시련은 견딜 만큼만 주신다는 말은 틀리지 않았다. 거절 후 겪게 된 결과는 언제나 맥이 빠질 만큼 허무했고 노심초사한 마음만 머쓱할 뿐이었다.

상대의 눈치를 살핀다며 모아놓은 피로만 한가득. 거절보다 거절을 두려워한 마음이 낭비였다. 사고의 과정을 줄여야 마땅했다. 비용은 그만 지불하고 미워하는 이에게 쓰는 거짓말조차 아깝다. 관계의 최선은 냉소적인 태도. 소중한 이 사랑하기도 벅찬 세상, 다른 이와 어려운 이야기 나누고 싶지 않다. 고민으로 쓰는 시간조차 아깝다.

우리는 일기장에서조차 솔직해져 본 적 있었나. 관계만이라도 철저히 계산하여 솔직하기로 마음먹었다. 최악이면 어때, 적어도 마음은 편해졌으니 심적 낭비에 비하면 그래도 얻는 게 많았을 거다.

답

답이었을까.

답을 가져가겠다는

답, 답함이었을까.

시간 평가

2박 3일 여행은 짧았다. 우리에게 여행은 긴 시간을 주지 않는다. 조금이라도 많은 장소를 보고자 효율을 따져가며 여행을 다녔다.

어디를 다녀왔다 말해도 그곳에 대해 알지 못한 적이 많았다. 여행은 표면적이었고 가벼웠으며 사소했다. 그런 가벼움이 아쉽다고 느껴졌다. 바다를 보았어도 바다에 대해 알지 못했고 다른 바다와 차이를 설명할 줄 몰랐다. 내 눈에 별 차이 없어 보였던 그 장소가 누군가에겐 고향이자 삶의 터전이었을 텐데. 이곳은 누군가에겐 좋다 싫다 할 만큼 사소한 장소가 아닐 텐데. 가치를 헤아리지 못한 채 다녀왔다면 거짓된 여행이 아니었을까.

"한 달이라고 다 아는 것 같아?"

너는 말했다. 한 달을 지낸다고 알 수 없다고, 하물며 몇 년이더라도 안다는 건 착각일 거라고. 시간이 문제가 아니라 말했다.

"우린 몇 년 지기 친구잖아."

시간만으로 관계 역시 헤아릴 수 없을 것이다. 오래 끊어지지 않았던 연락도 관계의 깊이를 보장하지 않았다. 어쩌면 희미한 우정으로 긴 세월 지냈을지도, 매일 부딪혔다면 오래전에 끊어졌을지도 모른다. 가끔의 우정이라 이어졌던 그런 관계. 시간은 중요하지만 감정과 정비례하지 않았다.

시간에 집착하지 않겠다. 감히 시간을 기준 삼아 가벼움을 말하지 않겠다. 아쉬웠던 건 시간이 아니라 가벼움을 말하는 내 입술이었다.

시차

학창 시절 배웠던 수학 공식만으로는 시간을 계산하긴 어렵다. 길고 느렸던 시간은 그때와는 다른 셈으로 무던히 흘렀다. 무뎌진 현재와 날카로운 그때를 비교해보자면 계산은 잘 들어맞지 않았다.

이밖에 안 지났을 시간과 이만큼이나 지나버린 시간.

언제 이렇게 시간이 지났어- 오랜만에 친구들을 만나 시작하는 말은 똑같고 대답도 역시 그러게. 게으르기만 한 내 곁에 성실한 시간이라 바른 놈, 그래서 야속한 놈이었다. 언젠가는 감히 시간이 사라지길 바랐다. 때가 지나면 괜찮아질 훗날의 내게 시간을 맡기려 했다. 나중에서야 아무 일도 아니라는 듯 그때를 흘기는 내가 있었다.

손목시계가 가리킨 시간은 오후 1시.

아니, 저녁 7시.

깜빡하고 거꾸로 찬 것이었지만 하루가 새로 생긴 듯한 착각에 기분이 좋아졌다. 사소한 실수에 웃었고 쉬운 감정변화에 우습다. 그저 뒤바뀐 시간에 달라진 감정, 시계는 그대로 두기로 했다.

여행 짐을 정리하다 가방 안 구석에 손목시계를 발견했다. 이 시계의 단연 돋보이는 기능은 현 위치의 고도를 알려준다는 것. 해외에서 몇천까지 오르내리는 고도에 숨 가빴던 기억은 어쩐지 이백 언저리로 떨어진 한국에서 긴장감을 잃었다. 지난 미국 여행을 마지막으로 우리나라와 13시간의 시차가 났으니 보폭은 컸지만 그래서 한국에서 차고 다녀도 고쳐 쓰지 않았다. 시곗바늘이 한 바퀴를 돌아 다시 제자리, 바늘은 고작 1시간만 차이 날 뿐이었다. 물론 시곗바늘을 바꾸는 일이야 어렵지 않겠지만 한국에 돌아왔어도 이 시계만은 여행 중인 나를 기억해주길 바란 이상한 마음이었다. 여행이 끝나 이곳에 살아 숨 쉬어도 그때를 잊지 않고 기억해줄 무언가 필요했다.

1시간이 달라 보였어도 실은 13시간의 시차를 기억하길 바랐다. 그대로 보물 상자 한 켠에 얌전히, 오직 나만의 여행을 그대로 두었다.

시계에 새겨진 기스만큼 삶도 흔적이 남았다. 다른 점이라면 어쨌거나 이 시간 속에 다시 살아가야 한다는 것. 현실은 살기 위해 고쳐 쓰겠지만 시계는 그 시절 그때로 머물 수 있다는 것. 고쳐 쓰지 않는 시계와 고쳐야만 쓸 수 있는 삶은 다른 듯 하면서도 닮은 듯했다.

시계를 보며 여행과 삶을 조망한다. 물린 여행과 평범한 일상은 별반 다르지 않았다. 여행을 통해 이해하게 된 작은 부분이었다. 13시간은 커보였어도 시계를 통해 바라본 세상은 겨우 한 시간뿐이 다르지 않았다. 뒤바뀐 세상과 현실은 결국 같은 시간으로 쓸모를 더해가고 있었다. 멀고 먼 13시간 거리는 모른 채 살아도 아무렇지 않을 만큼 사소한 1시간의 차이였다.

한 바퀴를 돌았으나 제자리, 시계는 오후 1시.

아니, 시계는 저녁 7시였다.

여행의 이유

여행이라 써놓고 실은 내 마음 털어놓을 데를 찾아다녔다.
흔들리는 마음 어디론가 내려놓고 싶었다.
여행이라 불렀던 거짓말이다.

"여행은 왜 시작했어?"

얼마나 부족한 여행이었는지 따지는 것은 그리 녹록지 않은 일이다. 삶을 온전히 버티도록 만든 건 잘 살아왔다는 믿음. 그래서 여행은 언제나 옳고 즐겁고 행복한 것이다. 눈부신 추억 하나 들고 다시 일상으로 젖어 들었을 때 행복한 여행이었다 거짓말로 끝맺으면 될 일이다.

부족한 내게 인생을 맡기는 게 두려워 여행을 떠났다. 여행을 떠나 많은 경험을 쌓은 미래의 나라면 더 올바르게 선택할 수 있지 않을까? 책 어디쯤부터 시작된 동경은 가진 것도 잃은 것도 없던 젊은이에게 꿈을 심어주었다. 현실은 먼 훗날의 내게 맡기고 도망이 아닌 철저한 계산으로 여행은 시작됐다.

"바라던 것들을 얻게 됐을까?"

지금을 포장하기 위해 여행의 결핍을 과장하지 않는다. 보이지도 않는 행복을 좇아 여행에서 행복을 잃어버렸지만 다시 일상의 행복을 찾게 됐다. 젊음에 대한 예의라던 여행은 겨우 잊어버릴 청춘에 값진 선물 주고 싶었을 뿐이었다.

여행은 지금을 위한 재료일 뿐 그 이상도 이하도 아닌 평범한 일. 결말이 아닌 숨겨둔 과거를 들춰낸 일이자 세상에 던져진 나를 이해하는 시간. 앞으로 더 나은 삶을 살게 될지는 모르겠으나 선택의 순간마다 여행을 떠올릴 것이다.

빠른 사회, 느린 강요

바쁘게 살다 뒤를 돌아봤을 때 발자국 보폭이 짧아 보였다. 이대로는 안 돼, 보폭을 넓히기로 했다. 느리게 다시 걸으니 큼지막한 보폭이 만족스럽다. 이렇게 걸어야만 올바르게 걷는 것이고 남이 보기에 참된 인생이라 할만하다. 빠르게 흘러가는 세상 속 느리고 천천히 걷는 내 모습은 마치 선지자인 것만 같다. 맞지 않는 신발을 신은 듯 뒤뚱거리지만 엉거주춤한 내 걸음걸이가 만족스럽다.

촉박한 사회에서 지쳐 쓰러지면 속삭이는 소리, 느린 발걸음의 필요를 우리는 알고 있다. 해야 할 일, 계획한 미래, 인정받아야 할 인정머리 없는 이 사회에서 누군가 느림의 미학을 역설한다.

"바쁜 여행이었군요."

바쁜 여행은 여행이 아니라고 말했다. 느린 속도를 가진, 천천히 흘러가는 여행이 진짜 여행이라 말해주었다. 고귀하신 당신의 여행 법을 친히 설명했다. 잠시 멍하니 듣다가 나만의 여행이 오해받는 것 같아 항변하듯 나름의 속도에 대해 설명하려 했다. 그러다 문득 내가 왜 변명하듯 말하는지, 우스운 상황에 힘이 빠져버렸다. 바쁜 여행? 그럴 수도 있겠구나. 따가운 일상을 벗어나 여행만 다녔을 뿐인데도 바쁘게 보일 수가 있구나. 그럼 바쁜 여행이란 게 무엇일까? 누가 느리고 빠른 여행을 정해놨을까.

세상은 별의별 정답들이 난무했다. 누구는 젊을 때 고생은 사서도 하라며 불태우듯 지금을 소비하라 말했고 누구는 인생은 한 번이라며 소중한 하루를 즐기라 말했다. 언젠가 '열심히 사회'에서 힘들게 살아온 사람들은 지나간 청춘이 아쉬워 뿔이 났다. 그래서 '즐기는 사회'를 만들어야 한다고 외쳤다. 다시 즐기고 살았던 사람들은 현재로만 살다 보니 미래가 보이지 않았다. 철없는 어른이 돼버린 그들은 다시 열심히 제값하고 살아야 한다고 말했다. 누구는 자기계발을 주장하며 성공을 부추겼고 누구는 구겨진 실패를 토닥이며 괜찮다고 너는 잘못이 없다고 말했다. 누구는 결과보다 과정이라 했는데 누구는 결과에 감격해 눈물을 흘렸다. 그렇게 누구는 누구는 누구는.

모든 답은 과거에서 나온다는 멋들어진 답을 찾아냈다. 다른 말로 하자면 자신에게서 답을 찾아라. 사람의 성향과 인생의 방향은 태어나면서 정해졌다. 이미 지나간 수많은 선택지에서 어쨌거나 많은 것들을 결정해왔을 지금의 당신. 인생의 영수증을 뽑아보자면 수천 장에 이를 테니, 이제 지난 선택을 올바르게 분석하고 직시하면 될 일이다.

지금까지 쌓아온 당신의 정답으로부터 앞으로 쌓이게 될 인생에 정답이 있다. 그저 당신이 밟아냈기에 정답으로 만들면 될 일이다. 오직 나만을 위한 여행이면 된다.

여전히__우리, 행복하려고

행복을 위해 여행을 떠났고 결국 여행이라서 행복한 것이 아니라는 걸 알게 됐습니다.

행복을 좇는 그 자체가 여행이었음을. 그리고 현실을 마주한 지금에서도 행복을 좇으려는 건, 여전히 우리의 여행이 끝나지 않았음을 말합니다.

눈꽃

“눈꽃이 필 거예요.”

집으로 돌아가는 길, 어제 선생님께서 하신 말씀이 떠올랐습니다. 눈이 펑펑 쏟아 내린 어제가 지나면 근사하게 피어날 눈꽃을 보게 될 것이라고요. 매서운 바람과 먹색 구름이 지나 오늘 이렇게 예쁜 눈꽃이 피었습니다.

오늘에서야 피어난 눈꽃이 섭섭하기만 합니다. 조금만 일찍 피어났더라면 한껏 아름다움에 취했을 텐데요. 차라리 돌아가는 길에 비치지 않아 몰랐다면 나았을까요. 아쉽게도 이번 내 운이 좋지 못한 까닭입니다.

하지만 선생님, 눈보라가 지나면 눈꽃이 필 것을 알게 됐습니다. 그 앎으로 헛헛한 마음 달래 봅니다. 스쳐 간 날들에 눈꽃 한 송이 쳐다보지 못했던 시간이 아쉽습니다.

그러나 선생님.

처절히 눈 쏟아 내린 날이면

다시 피게 될 눈꽃을 기다릴 것입니다.

괜찮게 살아온 거야
오늘도 애쓴 너라서

펴 낸 날 2021년 5월 25일 초판 1쇄

지 은 이 조유일
펴 낸 이 박지민
책임편집 박지민
책임미술 롬디
일러스트 민선
마 케 팅 박종천, 박지환

펴 낸 곳 모모북스
서울특별시 동대문구 왕산로81, 203-1호(두산베어스 타워)
전화 010-5297-8303 팩스 02-6013-8303
등록번호 2019년 03월 21일 제2019-000010호
e-mail pj1419@naver.com

ISBN 979-11-90408-15-8 03800